VÍAS ALTERNAS

VÍAS ALTERNAS

Antología de cuentos americanos

VV. AA.

literalpublishing

D.R. © 2024, Saludos Connection
3700 Farber Street
Houston, TX 77005

© 2024, Literal Publishing
5425 Renwick Dr.
Houston, TX, 77081
www.literalmagazine.com

ISBN: 978-1-942307-60-0

Imagen de portada: Gabriel de la Mora

Este proyecto fue impulsado por el apoyo recibido en 2022 del
BIPOC Arts Network & Fund

Printed in the United States / Impreso en Estados Unidos

ÍNDICE

INTRODUCCIÓN

Vías Alternas. Antología de cuentos americanos es el resultado de la primera convocatoria colaborativa entre Saludos Connection y Literal Publishing.

Los cuentos seleccionados han sido escritos por autores que escriben en español desde Houston, Texas.

Con la publicación de este libro, un grupo de escritores con diversos orígenes contribuyen al avance de la literatura hispana en Estados Unidos. Abordando temas variados, como lo son sus narradores, esta antología invita a visitar el asunto de la inmigración desde la creatividad. En el contenido de estas páginas están sus viajes.

Saludos Connection agradece la valiosa contribución de Rose Mary Salum y Literal Publishing para hacer realidad este proyecto, que pretendemos continuar.

María Cristina Manrique de Henning

Fundadora y Directora de Saludos Connection

PLUMAS BLANCAS

Julieta Aguilar

Pobrecillo, lo vi ahí tirado, en el pavimento. Se distrajo y lo sorprendió un auto. El que se llevó entre sus llantas pedacitos de carne, sangre y plumas. En el camino dejó las huellas del crimen. El día menos uno de vida, las moscas panteoneras lo comían. El día menos dos seguía ahí, mutilado, hinchado, oloroso. El día menos tres estaba irreconocible. Yo sí lo reconocí a pesar de que llantas infames seguían pasando sobre sus débiles huesos y entrañas. El día menos cuatro, ya no tenía forma de nada, solo era una mancha nauseabunda que no despertaba lástima, solo asco. Menos varios días de vida, empezaba a desaparecer. Se secó. Ya no hay canto ni libertad. El viento se encargó de desaparecer lo que quedaba de él esparciéndolo por todo el rededor. Antes de desaparecer por completo yo lo respiré, respiré ese aire con fragmentos de él y de su canto. Lo llevo en mi nariz, en mis pulmones, en mi sangre. Siento un cosquilleo en mi garganta. Quizá sean pequeñas plumas blancas.

TE MIRO, ME MIRAS

Consuelo Cabrera

Tus labios rozan los míos camino a un beso en la mejilla que no logras.

Te desvías al cuello e inicias con tu lengua firme el recorrido hasta mis senos, donde lames cada pezón. Con cada línea dibujada provocas espasmos en mi vientre.

Mis manos moldean tus músculos de la espalda, borrando cualquier sentimiento de pudor mientras tu dedo anular acaricia mi clítoris. Sin necesidad de llegar al desnudo liberas a Eros, que se mantenía preso, atado con cadenas de hierro.

Pronto jadeamos al unísono, tu mano sin cesar, la mía buscando tu pene que ya está dispuesto y erguido. Rápidamente me acoplo a tu ritmo de caricias, mientras en la fusión del orgasmo haces que mi vagina moje mi entrepierna de placer. Tú en éxtasis llenas mi mano.

Cansados me guías a tu cama. Me recuesto frente a ti, mientras disminuye el ritmo de mi respiración. Las caricias de tu lengua en mi espalda me estremecen, encendiendo de nuevo el fuego.

Veo a través de la ventana al vecino que hace un movimiento rápido en su cortina, mientras sigues acariciando mis nalgas, separas las piernas, sientes mis fluidos introduciéndome tus dedos. Cierro los ojos mientras te siento, los abro y él sigue allí.

El vecino nos mira…

Veo cómo un lente de largo alcance se mueve tras su ventana y la persiana es recogida poco a poco.

Te doy un beso y corro a abrir completamente la cortina, bailo un poco al pie de la ventana jugando con las sombras sobre tu rostro con la excusa de sentir el sol vespertino, me echo en la cama, te siento nuevamente y subo mi pierna sobre tu cadera.

Río y disfruto las caricias sabiendo que no estamos solos.

EL SONIDO DEL UMBRAL

Juliana Camargo

Mi cuerpo se deja llevar por el beat de la música. Se contonea con un estilo y forma muy especial y sé que lo hago muy bien. La gente me mira. Me había copiado uno que otro paso de un programa de la televisión americana. No puedo contener la energía que me produce por dentro el coro de "Girls, just wanna have fun" de Cindy Lauper, que hace que mis pies se muevan sin control en el mismo sitio, llevando un perfecto compás de la canción.

Oh momma dear, we´re not the fortunate ones
And girls, they wanna have fun
Oh girls just wanna have fun

 Soy de las primeras en lanzarme a la pista que se forma en el centro de la fiesta. Luces multicolores, una esfera plateada pende del techo. Sus destellos y los efectos especiales de las luces intermitentes me hacen cerrar los ojos y sentirme en un espacio único, diferente. Un espacio que congrega la alegría, la euforia y el valor de desprenderse de las normas, dejarse llevar por lo que se siente.

La música cambia a "Let´s Dance" de David Bowie. Noto la reacción casi unánime en el recinto. Se aglomeran la mayoría de los invitados levantando las manos, moviendo sus cabezas como hechizados por la melodía. El piso retumba producto del taconeo y las voces a coro gritan a todo dar:

Let's Dance
Let's Dance...

Reconozco a muchos de los amigos de la época, los vecinos, G está ahí, por supuesto. Nos habíamos conocido desde pequeños y nuestras casas estaban ubicadas en el mismo barrio, por eso compartíamos las mismas amistades, el mismo gusto musical. Eran tan importantes para mí como lo era que pudiera llevar el ritmo y saber bailar.

Lo observo desde la pista. Él con su mirada interesante, su cabello denso y semi ondulado que lleva partido en el medio. Sus Levi's 501, que son su trade mark, se ajustan a la perfección en los lugares precisos de su cuerpo. Lo advierto con un cigarrillo en la mano y el humo que exhalo después de una bocanada profunda me produce un efecto seductor. Lo veo audaz, así como el hombre Marlboro. Me pregunto si las mujeres que están alrededor suyo sentirían lo mismo. No cabe duda de que la influencia americana está formando parte de nuestras vidas. La camisa que lleva G, alegórica a una marca extranjera, lo vende bien en estos lugares.

Quiero aproximarme a él y al grupo de personas que lo acompañan. Su risa, su copa en la boca, una mano que le da unos toques en el hombro, la cascada de su melena cuando se lanza para atrás de una carcajada, un brazo que lo envuelve. Es una mujer, pero no logro verle la cara. Quiero estar cerca de él y pierdo el interés total en el baile, en la retrillada y casual conversación con las otras chicas. La música empezaba a ambientar el lugar con la nota romántica. The cure y "Just like heaven" suena distante, como si viniera del fondo de un lugar con un tenue eco.

16

Show me how you do it
And I promise you, I promise that
I'll run away with you
I'll run away with you

Siento la urgencia y el afán de llegar donde esta G, me encamino hacia él usando todas mis fuerzas para lograrlo lo más rápido posible. Cada vez que doy un paso, parece que estoy más lejos. Algo extraño está sucediendo. Repito la acción y siento mis piernas ancladas al piso. El camino que se hace difícil, la imposibilidad de llegar, mi deseo a toda costa de estar junto a él. Siento un total anquilosamiento. Una sensación de impotencia recorre todo mi cuerpo. Mi respiración se acelera y se confunde el bum bum de mi pecho con el del bajo en un parlante que está a mi lado. Confusa, me empino tratando de no perderlo de vista. Me impulso otra vez esquivando a una, dos, tres personas. El lugar, para ese entonces, se inunda de gente.

Un espacio se abre entre la muchedumbre, y le echo un vistazo, allí en ese rincón donde siempre ha estado. Su figura elevada sobresale entre el gentío, la oscuridad y el humo. Le trato de hacer una señal con mi mano, pero él no se da cuenta de mi presencia. Me encuentro con B y me toma de un brazo virando mi cuerpo hacía él. Pierdo de vista a G y mi mano queda sostenida en el aire.

B clava su ojos en los míos hablándome con una voz inaudible. Sacudo mi brazo para deshacerme de él y le hago señas que estoy de afán. Para ese entonces la música retumba el lugar, las voces, los murmullos, los ruidos de las copas, las risas. Le trato de explicar que G está al otro lado y tengo que decirle algo urgente, segura de que tampoco me ha entendido nada de lo que acabo de explicarle.

17

Los veo otra vez, la está tomando de la mano y se dirigen juntos hacía la puerta. Parece que ahora he adelantado mi paso y mis piernas se apresuran con una ligereza que me sorprende. Dejo atrás a la gente congregada, a B y el paso se abre despejado. Advierto la luz tenue y tímida que ilumina esta vez ese espacio vacío del tan vigilado rincón. La puerta se cierra. Corro hacía ella por donde se han esfumado, tomo la manija, le doy un giro y me lanzo detrás de ellos. La música de Tom Petty está sonando.

And I´m free
Free fallin´
Yeah, I´m free
Free fallin´

LA RÉPLICA DEL ALMA PÉRDIDA

Mariana Cano

Me detuve afuera del edificio en ruinas intentando abrir la puerta con la llave que me acaban de entregar. Parecía que había sido ayer cuando sentí las manos congeladas de mi padre dentro de las mías. En mi cabeza, tenía la certeza absoluta de que había fallecido. En mi corazón, negación y tristeza.

Una lista larga de personas esperaba con ansias este momento. Avaricia, saldo de deudas, pago de tarjetas. Para mí, solo significaba angustia al tratar de reinventar mi vida sin su presencia.

Salimos del notario callados. La decisión de mi padre de dejarme el edificio de Corregidora #34 había desencajado las quijadas de todos. Mi papá era muchas cosas pero nunca injusto. No era la propiedad más valiosa, ni tampoco la única, sin embargo, el honor de recibir el histórico edificio familiar donde el bisabuelo Fernando había establecido la primera ferretería de muchas, lo anhelaban todos y ahora era mío.

La llave reflejaba sin duda la cantidad de años del edificio devastado. Mi padre nunca quiso que nadie entrara y mucho menos pensáramos en remodelarlo o abrir un negocio. Se quedaría estático en el tiempo, nunca entendí por qué.

Seguí forzando la chapa hasta que por fin la puerta cedió. Dudosa de entrar y violar ese lugar tan sagrado para mi padre, paré un segundo y recordé sus palabras justo antes de morir.

—Corregidora es para ti, confío en que lograrás comunicarte con él. Al principio tendrás muchas dudas, querrás alejarte, pero no lo hagas. Descúbrelo, tranquilízalo y ayúdalo a concluir. Yo estaré ahí para ayudarte. Delirios previos a la muerte, pensé.

Dando pasos muy lentos comencé a observar el lugar, tratando de ignorar ese frío que erizaba mi espalda al percibir una sensación obscura, extraña, abrumadora e imposible de explicar.

¿Qué había pasado aquí? Todo seguía en su lugar. Estantes llenos de cajas de herramientas, clavos, tornillos. Todo acomodado, listo para salir a la venta.

Un mostrador cubierto de polvo sobre el cual descansaba un florero con una rama seca, como si alguna vez hubiera sido una rosa. Una factura inconclusa dentro de una máquina de escribir, junto a varios sobres esperando ser rotulados. De repente se escuchó un ruido estremecedor detrás de mí. El florero estaba hecho añicos en el piso y junto a él, un sobre que decía "Para Michelle".

Sentí mi corazón latir con fuerza, como si quisiera escapar de mi pecho. Comencé a caminar apresuradamente hacia la puerta, pero me detuve al intentar girar la perilla. Salir de ese lugar significaba traicionar a mi padre. Sabía que no podría vivir con esa culpa. Cuando finalmente abrí la carta, decía:

Mi querida Michelle:

Gracias por estar aquí, sabía que eras la única de la familia que respetaría mis deseos. Estoy seguro de que tienes muchas preguntas, ¿por qué todo sigue en su lugar?, ¿por qué nunca nadie quiso regresar? La respuesta es muy simple, aquí murió mi hermano a los 6 años.

Todos estábamos ayudando en la ferretería el día que sucedió. Nunca encontramos una explicación, sólo sabemos que súbitamente Julián cayó del barandal del segundo piso justo enfrente del mostrador donde se encontraba mi madre terminando de escribir a máquina las facturas. Murió al instante. Mis padres nunca quisieron regresar a este lugar, fue imposible que superaran esa pérdida. Yo vengo a visitarlo cada que puedo. Con los años se ha vuelto cada vez más agresivo y violento, he tratado de mil maneras que descanse en paz sin lograrlo. Por favor ayúdalo a encontrar el camino.

Al terminar de leer la carta sentí una mirada que me traspasó el alma. La puerta del baño estaba entreabierta y casi pude ver un par de ojos intensos como desdibujados en la obscuridad.

—Me llamo Michelle, quiero ayudarte. Susurré. Me tapé los oídos al escuchar retumbar el edifico tras un intenso azotón de puerta que detuvo mi corazón por varios segundos. Intenté volver a respirar, inmóvil. De pronto escuché la puerta rechinar y abrirse de nuevo.

Una presencia corrió de prisa enfrente de mí, estremeciéndome. Lágrimas deslizaron por mis mejillas al ver entre sombras, detrás de los estantes, la figura gris de lo que alguna vez fuera un niño. Al intentar acercarme, desapareció enseguida y escuché la puerta de atrás de la bodega abrirse y cerrarse con fuerza.

Sin pensarlo lo seguí. Abrí la puerta de la bodega e intenté prender el switch de la luz pero una descarga eléctrica fundió el foco. Me adentré en la obscuridad repitiendo —Julián, no tengas miedo, te voy a ayudar a salir de aquí. Cuando inesperadamente percibí una voz grave e intensa que murmuraba —Lárgate, nadie puede ayudarme.

Mis piernas comenzaron a moverse a una velocidad desconocida. Entre sombras atravesé un pasillo angosto que me sacaría de ahí y sin ni siquiera sentirlo, un clavo en la pared rasgó mi camisa hasta hacer un surco mi piel.

Una grieta en el piso empezó a expandirse impidiéndome llegar a la salida y regresé a buscar refugio debajo del mostrador. Tomé entre mis manos un rosario que había sido colgado en el famoso letrero de *Ferreterías Balestrier* y empecé a rezar todas las oraciones que me había enseñado mi madre. Oraciones a las que nunca pensé recurrir.

—Padre Nuestro que estás en el Cielo. Todo empezó a sacudirse. De los estantes empezaron a caer al piso todas las cajas de tornillos y clavos.

—Santificado sea tu nombre, vénganos tu Reino. La máquina de escribir se deslizó a una orilla y se desplomó al piso. El candelabro de la entrada cayó sobre el mosaico con un estruendo inimaginable.

En mi cabeza, sólo rezaba las oraciones, una tras otra, sin parar; unas veces con mis ojos abiertos, otras cerrados, protegiéndome, cubriendo mi cabeza con mis manos. Las losas de cemento se agrietaron y cayeron. Las escaleras colapsaron. Rezaba sin parar. Una fuerza inexplicable me impedía detenerme.

De pronto sentí un peso en mi hombro, como si mi padre estuviera asentando su mano cargada e inconfundible. No podía verlo pero sabía que estaba ahí, acompañándome en esta incesable misión.

Un silencio inesperado nos envolvió después de desmoronarse la última parte del techo, dejando un círculo perfecto en el centro del edificio, permitiendo la entrada de unos rayos de luz intensos que sabía, no volvería a ver jamás. Dos siluetas blancas, casi transparentes, la de un hombre y la de un niño,

22

empezaron a flotar emanando sin palabras una sensación de agradecimiento, despedida y paz. Los vi desvanecerse poco a poco mientras se alejaban. En medio de los escombros, el edificio ahora parecía estar en paz, como si hubiera encontrado el descanso que necesitaba.

Nunca pude compartir esta historia con nadie más. Para mí, permanecerá para siempre en silencio dentro de mi corazón. Para el resto del mundo, lo que ocurrió la mañana del 19 de septiembre de 1985, fue un temblor devastador que arrasó con miles de vidas y edificios del centro de la Ciudad de México, del cual, de forma incomprensible, salí ilesa.

VUELTAS Y VUELTAS

Lorena Castillo

Mi madre me envió a pedirle tortillas y tres huevos a mi abuela pero como no está en casa la espero aquí sentada, en el escalón de su puerta. Las mañanas son tranquilas en esta calle. El sol que se asoma por encima del árbol raya la banqueta. Miro a las vecinas caminar con su rebozo en la cabeza mascullando rezos. Contonean la anchura de su cuerpo de lado a lado. Parecen palomas grises. No levantan la mirada del piso. Apresuran el paso. Sus rostros sufren. Rezan y sufren. Dicen que van a la iglesia a recibir la palabra. Ojalá reciban un abrazo también.

La abuela se tarda, pero yo tengo el libro de cuentos que me prestó la madrina de mi papá. Con este ya son diez los que me deja llevar a casa. Los cuido mucho. Un día voy a leer todos los que tiene en el cuarto oscuro que sólo abre cuando yo la visito. Escucho el cuchicheo de las señoras que van al molino. No me ven doblada así como estoy, con las piernas junto al pecho. El libro me tapa la cara. Dicen que acaban de ver a mi padre afuera de la cantina. Una de ellas me descubre, abraza su tina del nixtamal y camina más rápido. La otra me mira como si fuera yo un perro apedreado.

—Viejas chismosas —grita mi madre cuando le entregué las tortillas, los huevos y el pan dulce que le manda la abuela— La próxima vez no voy a contarle lo que escucho. Siempre se enfurece y termina llorando. Ya está sentada en la silla del patio otra vez. Mira fijamente la puerta de madera que da a la calle. Conozco esa mirada. Dentro de un rato hará como que talla la ropa en el lavadero y llorará más fuerte. Mejor me voy a limpiar la cocina antes de que empiece.

Hago mucha espuma con el jabón que uso para lavar los platos. Sumerjo mis manos en las burbujitas. Las saco y las elevo frente a mi rostro. Un cosquilleo me escurre hasta los codos. Es un vicio estas cosquillas suavecitas que me recorren los brazos. Repito el movimiento sin cansarme. Adentro, afuera, adentro, afuera. Qué lástima tener que ensuciar estas burbujas con los trastes de almuerzos y comidas de hace días. Tallo con la esponja cada uno. Borro las manchas de frijoles y salsa roja. Poco a poco el agua se pinta de un color entre café y naranja. Esta bandeja se convierte en un charco mal oliente. Los pedazos de comida dibujan un monstruo con unos ojillos ciegos y la piel llena de granos asquerosos. Yo lo arrojo con fuerza en la alcantarilla. Algunas burbujas sucias rascan el cemento para no irse. El monstruo se las traga de apoco.

Mamá nunca me dice gracias porque la ayudo a limpiar. Va del sofá a la silla sin decir palabra. La abuela me ha dicho que cuando la vea así rece para que sonría otra vez. Obedezco. Junto las manos, cierro los ojos y rezo aunque se me arrugue la frente y se me derrita la cara como a mi abuela.

Tengo que enjuagar la ropa que mamá deja en la cubeta. Las manos ya me duelen de rojas. No dejo de pensar que ayer por la mañana fui a la plaza con María. Me encontró sentada en las escaleras de la escuela. La maestra nos dejo salir temprano porque ya casi termina el año escolar. Yo me hubiera quedado en el salón leyendo otra vez la historia del gato y el ratón, pero la profesora dijo que no.

—Vete allá con los demás. —mandó sin mirarme.

Yo escribía en las últimas páginas de mi libreta de cuadricula cuando María me tomó del brazo y casi me arrastró por las escaleras. Corrimos hasta llegar a la plaza. Había una fiesta. María dijo que al día siguiente sería el cumpleaños de san Juan Bautista. Los puestos de dulces, de juguetes y de comida eran para festejarlo a él, porque es el santo patrono del pueblo.

—Yo nunca he venido a la fiesta de San Juan. A mi padre no le gusta que salgamos de casa —confesé frente a María con vergüenza.

—Dile a tu mamá que te traiga. Por la noche se encienden las luces de todos los juegos y el carrusel toca canciones. Pero no te vayas a subir muchas veces porque entonces sentirás que la cabeza te da vueltas y vueltas y vueltas y vueltas —dijo mientras ella misma giraba con los brazos abiertos.

La gente caminaba en todas direcciones alrededor de la plaza. Los niños iban al lado de sus mamás con las manos llenas de dulces, carritos de madera, resorteras y muñecas de trapo. Un señor caminaba con un palo largo en la mano. Estaba lleno de nubes de colores.

—¡No son nubes! —dijo María sonriendo— ¡Son algodones de azúcar!

—Nunca he probado uno —volví a confesar.

—Cuando vengas dile a tu mamá que te compre el rosa. Es más rico que el azul. Cuando te lo comes el azúcar se siente como una telaraña que se te pega aquí en el paladar —dijo tocándose con el dedo el techo de la boca— luego te lo despegas con la lengua y te comes otro pedazo, y otro pedazo, y otro pedazo hasta que se te acaba.

—¿Y cuándo se acabe? —pregunté por preguntar.

—Pues te pones a pensar en lo delicioso que fue comértelo. Y ya. Después tomas tomas agua porque te va a dar mucha sed.

El palo de algodones siguió su camino entre el gentío. El ruido de las campanas me espantó igual que a las palomas que dormían en la torre de la parroquia. Pobres. Qué susto se llevaron cuando la iglesia rompió en carcajadas. Volaron a refugiarse en las orillas de las azoteas. Me pregunté si regresarían otra vez a descansar bajo la enorme boca de la campana aunque las matara del susto otra vez.

—¿A dónde irán las palomas que salen de la iglesia? —pregunté a María pero no me escuchó— Estaba ocupada persignándose una, dos, tres veces. Me explicó que cuando caminas frente a la casa de Dios debes saludarlo. Si no, pecas.

—Una, dos, tres y listo —conté imitando sus movimientos y gestos.

Más adelante María casi me arrancó el brazo del jalón que me dio.

—¡Vente Rocío! ¡No podemos mirar para allá! —me susurró al oído— Me reí porque casi se ahogaba del susto que traía.

—¿Qué hay allá? —pregunté tratando de escarbar con los ojos entre la gente.

—Allá, Rocío, están las carpas rojas. Mi mamá me dijo que no podemos mirar para allá y mucho menos acercarnos. Es un pecado grande y yo no puedo tener pecados para el día de san Juan porque voy a comulgar en la misa.

Camino a casa pensé en lo confundida que debe estar María. Las carpas rojas están cerca de la iglesia. Nada malo puede suceder si la casa de Dios está casi al frente.

Yo no puedo colgar la ropa del tendedero como mi mamá. Dice que sólo la aviento sin gracia, pero esta vez no me regañará porque ya vino la vecina otra vez. Le contó que mi padre se la pasa rondando las carpas. Mamá lloró. Debe creer, como María, que es pecado acercarse a ese lugar. La vecina se fue echando centellas. Dijo que el sacerdote no mueve un dedo para cerrar esos lugares donde las diablas danzan toda la noche. Gritó que ella misma iba a ir a hablar con el presidente para exigirle que cierren esos lugares de perdición.

—¡Rezar no basta! —gritó al salir.

Mamá nunca reza. Sólo llora. Yo sí. Voy a rezar para que mi mamá se bañe, se cambie de ropa y me lleve a la feria a comprar un algodón de azúcar azul. Rezar, rezar, rezar. Todo lo que tengo que hacer es rezar.

Rezo un rato. Mi mamá ya no está en la silla. Fue por el veneno de ratas. Seguro se brinco una de la casa de doña Petra. Voy a meter la silla para que ya no se acomode a llorar en la espera de que alguien traiga a mi padre a casa.

Las campanas repicaron tristes ante un sol brillante que nos acompañó al panteón. Salimos de la iglesia vestidos todos de negro. Los velos de las mujeres escondían el dolor y el espanto. Mi madre comió veneno de ratas. Seis vecinos se abrazaron bajo el cajón de madera que guardaba su cuerpo. Caminaban despacio. El peso en los hombros los obligaba a arrastrar las suelas de sus zapatos entre la tierra. Marchaban lento con los rostros heridos por la fatiga. Tenían miedo de que mi mamá se les cayera. Yo sostenía la mano de mi abuela. También tenía miedo de que se me cayera. De pronto la fila de gente empezó a caminar en curva hacia la izquierda. Había un borracho tirado en medio del camino. Intenté levantar la mano para señalar, pero mi abuela me apagó la intención y me sofocó la voz con el abrazo de su velo. Alcancé a ver cómo los perros comían cerca del cuerpo sucio de mi padre.

YO TENÍA UN PLAN B

Lucía Charry

Ese día justo le pesaba la vida, más que otros días. Empezó con setenta y cinco miligramos, luego cien, ciento veinte, hasta ciento cincuenta, después le agregó el ansiolítico y las hormonas bioidénticas. Ella sobrellevaba su cansancio y hartazgo de años con las pastillas que le recetaba el doctor. Se preguntaba cuál sería la dosis correcta para volver a ser la de antes. Su vida y su felicidad dependían de la química. Nada quedaba de las ilusiones de juventud.

Amaneció con un mal presentimiento. No es que tuviera poderes premonitorios, simplemente le pasaba a veces: amanecía con un mal sabor de boca y coincidía, en que ese terminaba siendo un mal día. La saliva le sabía a yeso.

Laura no tenía ganas de hablar o convivir con sus compañeros. Cuando la invitaron a almorzar con ellos, dijo que se quedaría a terminar un reporte. En realidad, ya lo había terminado. Sólo abría ventana tras ventana en su computadora sin buscar nada en específico. Estaba agotada de las conversaciones de negocios, de la competencia y de tratar de encajar en un mundo en donde las nuevas generaciones ya le habían tomado la delantera.

Al ver su reflejo en el monitor, recordó que tenía que retocar las raíces del pelo. La lucha por no mostrar que los años se le estaban viniendo encima, era cada vez más ardua. La presión social por mantenerse joven. Cremas milagrosas antiarrugas, ungüentos y masajes para la celulitis, sueros antiflacidez, maquillaje tapa todo, ropa de marca que la hiciera lucir. Ojalá que inventaran unas gotas que le devolvieran el brillo en la mirada. Estaba en esa etapa, en la que no era lo suficientemente mayor para asumirse vieja, pero en la que tampoco ya era vista como joven.

Aprovechó la hora de la comida, para ir al salón de belleza. Dejó la computadora encendida, su bolsa y su portafolio. Sólo tomó el celular, el dinero para pagar y dejarle una buena propina a la chica que le lavaba el pelo. Si se demoraba pensarían que andaba por ahí, tal vez en el baño. En esas cosas uno no sabe cuánto se puede tardar —pensó.

El Salón de belleza quedaba en la misma calle, a sólo dos cuadras abajo de su oficina. Ese era un barrio residencial, de casas viejas que empezaba a ponerse de moda, con cafés y restaurantes. Entonces construyeron edificios, mezclando lo viejo con lo moderno.

Adoraba que le lavaran el pelo y le hicieran masaje en la cabeza, eso la relajaba, sus hombres no sabían acariciarla así. Era un placer de peluquería.

Mientras le enjugaban el tinte, sintió que se movía la tierra y el vidrio del ventanal explotó. Por instinto, pegó un salto y en dos zancadas estaba saliendo por el agujero de la ventana.

— ¡Señora, tenga cuidado se va a cortar!

—¡Salgan rápido, sigue temblando!

Laura corrió hacia su oficina, era el único edificio alto que había en esa cuadra. Iba a la carrera, cuando a lo lejos vio cómo todo empezó a derrumbarse, un ruido terrible retumbó y todo alrededor se llenó de polvo. Paró en seco y caminó un par de pasos para atrás sin volverse. El inmueble se desplomó por completo ante sus ojos.

Paralizada y con el pelo chorreando, vio cómo su lugar de trabajo se desmoronó como un alfajor hecho con Maizena. Quiso moverse, pero sintió que los pies le pesaban y la mantenían pegada al piso. La tranquilizó recordar que sus compañeros de oficina habían salido a almorzar. Como el edificio era nuevo, los otros pisos no estaban todavía ocupados.

La gente corría alrededor de ella, lloraba, hablaba fuerte, buscaba usar sus celulares sin señal. Agobiada por el ruido, decidió dejar de oír. Se sentía adentro de una película del fin del mundo en la que no había audio.

Se había salvado. De no haber ido al salón de belleza estaría muerta, o sepultada entre los escombros. ¿Sería verdad eso que decían, que cuando uno se está muriendo, recuerda toda su vida en imágenes?

Inmóvil, veía pasar a la gente que se sacudía el polvo y se tapaban la boca con un trapo. No sabía si habían pasado cinco minutos o cinco horas, todo sucedía muy rápido afuera y ella, detenida adentro de una burbuja, en un tiempo paralelo. ¿Era ésta una oportunidad de volver a empezar que le presentaba la vida? ¿Seguir con su existencia de siempre o cambiar de rumbo?

Salió de su trance cuando sintió vibrar el teléfono que traía en el bolsillo trasero del pantalón, vio en el monitor varios mensajes de texto:

Mariana:

Ma estoy bien, en la universidad ni se sintió.

Andrés:

¿Lau estas bien?, comunícate conmigo, intenta hablar con Mariana.

Manuel:

Amor, ¿dónde estás, sentiste muy fuerte el temblor?, márcame.

Se hizo un nudo el pelo y se lo exprimió como si fuera un trapo mojado. Mensaje tras mensaje, el teléfono seguía vibrando y sonando. Lo apagó y tomó en sentido contrario al edificio derrumbado.

Fue vagando por la ciudad y se dio cuenta de la fuerza del temblor. Casas y más casas derrumbadas, calles rotas y confusión por toda la ciudad. Olía a cal y a cemento.

Al caminar agradeció que esa mañana había decidido usar los mocasines planos y nos los tacones. Los zapatos altos cada vez los usaba menos, no tenía motivación. Sentía la boca seca y de vez en cuando tosía. Entró en una tiendita.

— Una botella de agua por favor, ah y unas mentas.

Se miró la ropa llena de polvo, ella siempre tan impecable, ahora parecía un albañil en obra. Ni se esforzó por sacudirse, había polvo gris y blanquecino por todas partes.

Con cada sorbo los pensamientos ya no se le atropellaban. Empezó a tramar un plan en su cabeza. Sería cruel para todos, pero lo superarían.

Al principio buscarían su cuerpo sin cesar, luego se resignarían y pensarían que se habían llevado el cadáver junto con los escombros. En este país pasa cada cosa, que un muerto perdido es fácil de justificar, pensó.

Harían una misa con su mejor foto, en un marco grande y ella quedaría en la memoria, casi como héroe: muerta en la tragedia. El aniversario de su muerte sería siempre recordado y seguro que, año con año, en el país harían una conmemoración de la fecha. Si de por sí, la gente cuando muere se convierte de forma inmediata en un ente de bondad infinita; ella, fallecida en esa situación, lo sería aún más.

Mariana se olvidaría de las batallas campales que tuvieron
34

durante la adolescencia y que seguían teniendo de vez en cuando y la recordaría como la mejor madre del mundo. Siendo honesta ya no la necesitaba más, estaba encaminada en la universidad y ya le había enseñado todo lo que ella requería aprender.

—Ojalá termines pronto con ese bueno para nada, con el que andas. Enamórate dos o tres veces más, antes de que decidas casarte. Lástima que no vaya a estar para consolarte cuando te rompan el corazón— dijo en voz alta como si estuviera hablando con Mariana.

Andrés la recordaría como su amor de juventud. Una buena esposa y una gran mujer, con la que formó una familia. La pareja que luchó hombro a hombro con él y lo ayudó a ser el que era ahora. La viudez lo haría todavía más honorable.

Y Manuel, ¿podría pedirle a Manuel que se fuera con ella?, que dejara "todo" tal como él se lo había pedido tantas veces en los últimos dos años. No, él no iba a dejarlo todo, para empezar de cero una vida de neo hippie.

La recordaría con la nostalgia de lo que no pudo ser. Pasa siempre con los amores imposibles. Siempre había tenido un lado romántico a lo Lord Byron. Además, el vértigo del enamoramiento, de los primeros meses se estaba apagando. Él quería que tuvieran una vida de pareja normal, fuera de la emoción del peligro y la clandestinidad. Ella sabía lo que eso significaba, sería como caer en lo mismo de lo que huía. Entonces no, Manuel no era una opción. Quizá sería mejor enamorarse de alguien nuevo.

Sólo contaba con el dinero que traía en el bolsillo, con la salida rápida ni pagó en el salón de belleza. Se las arreglaría yéndose a un lugar bien lejos, a la costa. Tal vez ahora sí podría dedicarse a cantar y tocar la guitarra en cualquier chiringuito. Cruzar la frontera norte era imposible sin documentos, cruzar la frontera sur no era opción, allá estaban más fregados que aquí. En un país en donde todo sucedía en la capital, la provincia siempre ofrecía un abrigo y sería buen escondite.

Volver a empezar le daba la posibilidad de tener una existencia más simple En esa nueva vida, sería más ligera: se dejaría las canas, se vestiría con ropa suelta, sin maquillaje, no haría ejercicio, comería pan y chocolates, se olvidaría de los antidepresivos, libre de carnes y de mente y cogería con quien quisiera. Pensó en su nuevo nombre: Camila o Magdalena. No, mejor un nombre que la convirtiera en personaje, quizá Federica o Aldonza.

Pensó que, de ser encontrada, como coartada fingiría que había perdido la memoria por un golpe en la cabeza durante el temblor. Es más, como plan B, si la nueva vida no le funcionaba, regresaría simulando haber recuperado la memoria después de una corta demencia o amnesia. Ahora sólo era cuestión de respirar profundo, armarse de valor, encaminarse y volver a empezar. Era un tema de valentía, ahora o nunca.

Le fue difícil encontrar un taxi, todos los carros iban ocupados. Los autobuses estaban llenos a reventar y pasaban pocos, el tráfico era un caos. Se oían sirenas de ambulancias y carros de policía por todos lados. La gente iba y venía acelerada, había escombros por todas partes.

Cuando por fin encontró un taxi le dio las indicaciones y apoyó la cabeza en la ventana, así como se habían derrumbado construcciones y cuarteado paredes, algo se le había desmoronado adentro. Veía pasar las calles con tristeza, sintió como si se hubiera cubierto con una cobija gris de yeso, que en lugar de abrigarla le daba frío. Seguía oliendo a cemento y cal. El chofer tenía las noticias de la radio a todo volumen; destrozos por toda la ciudad, caos vehicular, se reportan dos mil muertos hasta el momento.

— Bájele un poco el volumen señor por favor. Lo que menos quería era seguir oyendo malas noticias, ya ella había visto en persona el desastre del temblor.

Prendió el teléfono para mandar un mensaje:

Andrés estoy bien, hasta ahora tengo señal. Voy camino a casa, nos vemos allá. ¿Hablaste con Mariana?

EL ÚLTIMO ESTERTOR DEL INVIERNO
David Dorantes

El sonido del despertador en el último día en su casa la angustió. El acuerdo con Rigoberto era que pasara en la recámara de visitas esas noches antes de irse. Era extraño. No recordaba haber dormido en esa habitación nunca en sus veinticinco años de matrimonio. Le traía malos recuerdos porque era el cuarto en el que se quedaba su suegra. Esa arpía, cuando venía a visitarlos por una semana, siempre se quedaba dos o tres meses. En el aire olfateó el aroma del café que su marido dejaba programado en la cafetera desde la noche anterior. Rigoberto ya no era su marido hacía dos días. Le iba a costar acostumbrarse a pensar en él como su exmarido. Mientras se desperezaba corrió la cortina y divisó entre la niebla el gélido pico de las Montañas Laramie cubiertas con una nieve seca, dura, inmune al sol matinal que les pegaba de frente. Bajó de la cama y se cubrió con una manta mientras se calzaba las pantuflas para ir tras la pócima caliente que la llamaba con su olor.

Las paredes desnudas de la casa la asustaron por su palidez. La mudanza ya se había llevado rumbo a Dallas los cuadros de la colección que habían acordado repartirse. Al llegar a la cocina vio pegado, con uno de esos imanes que alguien les regaló de un viaje, una nota en el refrigerador con la letra manuscrita de su exmarido. Mejor hacerse a la idea lo más pronto de llamarlo así.

"Euderne, he dejado el café. Encontré en la cochera una caja de cartón que no se llevaron los de la mudanza. Es la que tiene el número XXV. Perdona que no me haya quedado a despedirte, surgió algo de repente en la oficina y me tuve que ir, maneja con cuidado rumbo a Texas. Pon la alarma. Mucha suerte con el nuevo trabajo. Abrazo, Rigo".

¡Nunca ha sabido mentir, es muy imbécil! —, gritó cabreada.

Tomó en sorbos el café de la primera taza matutina y ensimismada en sus pensamientos ante el largo viaje. A punto de terminar el líquido pensó en la caja XXV y fue por ella a la cochera. Una caja de cartón de Big Hollow Food. No recordaba haber empacado nada ahí. Rigoberto había enumerado todos los bártulos y paquetes, con una lista de lo que llevaba cada una adentro, señalándolas en marcador negro con esa fascinación tan suya por los números romanos.

Abrió la cochera y se arrepintió de inmediato. Las vecinas más jóvenes iban rumbo a la parada del camión amarillo con sus hijos de la mano y la voltearon a ver. Unas con lástima. Otras con simpatía. Todas la saludaron con un movimiento de manos y luego siguieron su camino sin decirle nada.

—Sí, y qué, soy la zorra que engañó a su marido con un muchacho de la edad de su hijo—, refunfuñó entre dientes mientras se agachaba para cargar la dichosa caja y subirla a la parte trasera del Jeep estacionado afuera. Sin embargo, la curiosidad pudo más y a medio camino regresó con la caja, que no era tan pesada como ella pensaba, y volvió por la puerta principal de manera torpe. Tuvo que hacer alardes de saltimbanqui para apretar el código de acceso a la casa, abrir la puerta, entrar, cerrar sin soltar la caja. Algo adentro se sacudía de un lado a otro.

Calculó lo que todas aquellas mujeres murmurarían una vez que los pequeños subieran al camión. Hacía meses que se había acostumbrado a ser la comidilla del vecindario. Ya las quiero ver cuando lleguen a mi edad y su marido ni las toque ni les mire. Una mujer valiente se tira al pozo en el que le den de beber, pensó, al recordar un grafiti que vio alguna vez por una calle de Zarautz. Mientras acomodaba la caja sobre la mesa vio por la ventana que un viento oscuro bajaba de las montañas con el último estertor del invierno. Necesitaba más café con urgencia y se sirvió una taza casi hasta el borde. Por primera vez no iba a endulzarse la bebida con miel y una nube de leche como era su costumbre. De paso tomó un cuchillo con el que rasgó la cinta con la que su marido había cerrado la caja. Se quedó tarumba un segundo. Borde con borde estaban varias de las libretas Moleskine de tapas negras que su marido usaba como diario. De cada libreta saltaban pequeños papeles de colores chillantes que señalaban diversas entradas. Sabía, porque él se lo había dicho, que cada página de las libretas era un día. Abrió una al azar y reparó que estaban en orden por años. Hurgó hasta que encontró la del año más viejo y la abrió en donde le marcaba el primer papel fosforescente. La fecha en tinta roja, el título en tinta negra, el texto en tinta azul. Rigoberto se gastaba fortunas pidiendo a una tienda de Londres esos bolígrafos de punta finísima. Comenzó a leer la entrada del viernes 29 de abril del 2012 sobre la pequeña hoja cuadriculada llena de la letra tan mecánica y rectangular de su marido.

Sonriente y cantando

29/04/2022

La Marinerita ha venido sonriente y cantando de la cena con sus amigas. Sé que ha bebido. Ya sabe que no me gusta. No le pienso reprochar nada. Arriesga mucho su trabajo en la universidad si la pillan manejando ebria. En este país con eso no se juega. Pero ya está en casa. Le he pedido que se meta a bañar porque apesta a carbón y tabaco. La escucho cantar una balada de Miguel Ríos. No sé cómo decirle que mi madre pasará con nosotros unas semanas aquí ahora que ha terminado el invierno. En la oficina me han pedido que actualice los estados financieros de pérdidas y ganancias. Si pudiera correr a todo mi equipo los largaba a la calle con un grito. Nadie hace lo que ordeno. Héctor está feliz en su primer año en la universidad. No sé qué leches hace con su dinero. Me ha pedido en un mensaje de WhatsApp que le aumente la mesada. Ya veremos. Primero las notas de B+ mínimo o no hay parné. Mañana intentaré correr cinco millas.

Al leer recordó esa cena. El ritual con sus amigas las convocaba el último viernes de cada mes, cuando bajaba el frío, a explorar nuevos restaurantes y bares. Esa noche había conocido a Alan. Sus dedos sentían una descarga cuando el mesero le llevaba otra copa de vino y la rozaba con descaro. El muy pícaro incluso le había guiñado un ojo. Pensó que era una estrategia del muchacho el coquetear con las clientas maduras para ganarse la propina. Luego lo atrapó siguiéndola con la mirada rumbo al baño. Esa mirada, y el vino tal vez, le hicieron bajar la guardia. Dejó casual su tarjeta en la mesa y cuando el mesero recogió la cuenta la levantó sin dejar de verla directamente a los ojos. El gesto no pasó desapercibido para Trisha, Ana e Ivonne. Hasta ese día pensaba que su cuerpo ya no era capaz de encender esas miradas. Pasó páginas hasta encontrar la siguiente entrada que le marcaban los papeles verdes chillantes en el diario.

El merlot no era malo

15/05/2022

La Marinerita insistió en que fuéramos a cenar a Watson's en nuestra salida semanal de novios. Yo hubiera preferido volver a la Black Tooth Brewing porque hoy había una banda de blues y me apetecía escucharla. Pero no he querido contradecirla para suavizarla un poco. Aún no me atrevo a decirle que ya le he comprado el boleto de avión a mi madre y que he dejado el retorno abierto. La cena ha sido excelsa, aunque un poco cara. El merlot, para ser de California, no era malo. El mesero era un tipo alto muy simpático que acaba de terminar la

42

universidad. Le he dado mi tarjeta pues dijo que pensaba estudiar una maestría en negocios. Al volver hemos intentado hacer el amor en la sala, pero le he fallado. Pobre Marinerita otra vez ha tenido que conformarse con el cunnilingus. Está bien, me dijo. Debo ver a un médico porque esto ya no es normal. Tengo que comprarle comida a Beckett. Héctor no contesta mis llamadas ni mensajes.

Una lágrima le recorrió la mejilla al leer aquello. Ella también hubiera querido ir a ver a la Bald Blues Band aquel día. Pero había hecho trampa. Recordó que cuando Rigoberto salió a correr llamó a Watson's para peguntar si Alan trabajaría esa noche. ¿Por qué lo hizo? Todavía se lo preguntaba. En realidad, todo lo que pasó después, era su culpa. No se había conformado con el cunnilingus. El merlot era mediocre pero la carne a la leña muy buena. Sintió que ya no podía leer más. Tal vez cuando tuviera otra pizca de valor. Volvió a poner las libretas adentro de la caja. Justo como las había encontrado. Fue hasta la cochera. Reparó que había dejado la puerta abierta y la cerró. Encontró la cinta canela para empacar tirada junto a la caja de herramientas. Volvió a la cocina. Le costó un siglo volver a cerrar la caja.

La última hora en la que había sido su casa la pasó como sonámbula. Bebió un litro de café y se preparó otro litro más para llevárselo en el viaje. La ducha decidió tomarla muy fría. Lo más que pudo aguantarla. Necesitaba espabilarse para el viaje. Tras el baño, guiada por un impulso extraño, fue hasta la que había sido la cama conyugal. Se tiró desnuda sobre el edredón. Abrazó las almohadas que despedían el olor de Rigoberto. Pensó en masturbarse. Pero se contuvo. Sólo se quedó acurrucada un rato con los ojos cerrados. No supo con certeza cuánto tiempo estuvo así. Abrió los ojos cuando sintió una mirada y descubrió que Beckett, el gato negro, la observaba receloso desde el alféizar de la ventana por entre las cortinas. Ella y el viejo felino nunca se habían llevado bien. Regresó al baño. Recogió su piyama tirada en el piso, la dobló y volvió al cuarto para meterla en la maleta. Decidió que no se maquillaría. Las bragas, el sostén, las calcetas de franela, un pantalón de mezclilla, una camiseta de la Wyoming University, su chamarra de cuero negro, las botas de senderismo. Estaba lista. Cerró la maleta que arrastró con pesadez hasta la cocina para tomar el termo. Con el otro brazo se llevó la caja de las confesiones de Rigoberto. Salió dando tumbos. Caminó hasta la alarma y apretó en el aparato la clave. El chillido agudo le dijo que tenía un minuto escaso para salir de la casa. Antes de irse dedicó la mitad de ese tiempo a otear todo por última vez. Salió, cerró la puerta, y el viento frío que la recibió afuera le caló con dureza en el rostro.

EL TIEMPO CUESTA

Abigail Duarte

Ahí estaba, a las diez menos nueve, sentado como todos los días frente a la terminal de trenes. Miraba fijamente el reloj que marcaba, como buen tirano del tiempo, cada minuto de su vida que pasaba. Con su camisa azul y su pantalón negro de vestir, haciendo el contraste perfecto con el detalle del azulejo que forraba la fachada de la estación. Hasta elegante se veía. Yo por mi parte, un día sí y un día no llegaba derrapando para subirme al tren. Unas veces pareciendo un catrín y otras… Por lo general pasaba a su lado, le daba los buenos días y en ocasiones le daba algo que trajera de sobra. Hoy, solo traía mi almuerzo y las campanadas del reloj hicieron alarde de mi llegada tarde.

"Perdiendo el tren de nuevo, joven", me dijo. "¿De casualidad no trae algo de comer que me regale? Esta mañana la tripa anda más revoltosa que nunca".

"Si gusta compartimos el burrito que traigo para almorzar".
"No quisiera quitarle su desayuno así nomás joven, ya con uno que ande sonando como valija descompuesta es suficiente".
"No se apure, si me hace compañía mientras lo comemos me ayuda a matar el tiempo".

Sentándome a su lado, saqué el burrito y lo partí en dos. Le di la parte que consideré era la más grande, él, mostrando sus dientes del color de un elote dulce, asintió satisfecho.
Si alguien nos está viendo de lejos, pensará que el que está

45

pidiendo limosna soy yo, pensé. Él, con su ropa limpia y elegante, sentado como si estuviera en una misa solemne, yo, desfajado, con un hoyito en el pantalón azul marino que dejaba ver mis calcetas blancas y jorobado que pareciera un caracol. Hasta un poco de pena sentí.

La conversación comenzó con el comadreo común. Un poco sobre el clima que estaba cambiando, ya se comenzaban a ver hojas de octubre; la delicia que puede ser un buen burrito; lo bonito que estaba el día; volviendo nuevamente a hablar sobre el buen sazón que tenía el burrito que degustábamos en el momento.

"Y a todo esto, ¿cómo se llama, joven?"

"Gustavo Molina, ¿Y usted?

"Mateo, pero me dicen, Timo".

"Por su apodo pensaría que se llama Timoteo".

"Es una larga historia, pero viendo que tiene algo de tiempo, se la puedo contar".

"Arránquese, Don Timo", le dije.

"Así como me ve, Don Gustavo", dijo Timo, "Yo fui alguien muy exitoso en mi vida. Me di lujos que usted no se puede ni imaginar. Más o menos cuando tenía yo su edad, comencé a trabajar en una empresa automotriz; recién graduado con honores de ingeniería mecánica, me di mis mañas para en tan solo unos cuantos años estar a la par de los gerentes. Tenía mi casa con vista al mar, un carro eléctrico, de los primeritos que salieron".

46

Don Timo se quedó mirando a lo lejos, perdido en sus recuerdos. No quise interrumpirlo, pero mil preguntas inundaron mi mente; ¿qué pasó después? ¿dónde quedó todo? ¿cómo es que está en esta situación, sentado en una banca frente a una estación del tren, compartiendo un burrito que un extraño quiso compartir con él. Estaba a punto de preguntarle, cuando continuó.

"No, no, no. Ni se imagina. Después de ser gerente, llegué a ser director de una de las plazas más grandes. Cubría partes de América y de Europa. Me codeaba con los dueños de la empresa y andábamos en fiestas hasta con los reyes de España y de Inglaterra. Ciertamente nunca me pude acercar mucho, pero las fiestas eran suntuosas. Las comidas más espectaculares que se pueda usted imaginar Don Gustavo".

Cómo me deba risa que me dijera "Don Gustavo", me llevaría casi medio siglo de edad y se refería a mí como si fuera al revés. "Nos servían cenas de 12 tiempos, que aquí entre nos, nada le piden a un buen pozole de México, o a unas buenas ropas viejas cubanas, ni qué decir de la delicia del gallo pinto de Costa Rica, o un curanto chileno; pero bueno, tampoco me voy a quejar, el clásico salmón marinado o el cangrejo de Lyme Bay, unos langostinos de las islas Hébridas, ni que decirle de los medallones de cordero de Mey, ¡uy! y si le contara la delicia que es la salsa Windsor, nadie sabe que tiene, pero una verdadera delicia para todos los que la hemos probado. Pero déjeme decirle que el Rey Felipe, no puede decirle que no a un buen kebab, él cambiaría lo que fuera por comerse uno. Y bueno, la reina Isabel, que en paz descanse, una belleza de mujer, su comida favorita era el salmón ahumado con queso crema; ahora el rey Carlos, la verdad que no tiene tan buen diente como su madre. A penas que come el pobre".

Aquel buen hombre me tenía literalmente con la boca abierta, ¿cómo era posible que con esa facha que tenía ahora se haya codeado con la realeza? ¿sería cierto? ¿cómo podría si no saber hasta lo que les gusta comer?

"Oiga, pero..."

"Joven, que otro día le sigo contando porque el reloj ya dice que usted va tarde, así que a darse prisa que soñar no cuesta nada, pero el tiempo, sí que cuesta".

Me vi tentado a quedarme y seguir escuchando, pero no me quedó más remedio que hacer planes para llegar temprano al día siguiente y ahora sí, traer dos burritos.

"¿Le estuvo Don Timo contando su historia, joven?", me dijo el encargado de los boletos.

"Así es. Qué historia tan increíble, ¿usted lo conoce bien?"

"Sí, hombre. Que Don Timo tiene toda la vida viviendo en la casucha que está a la vuelta. Dicen que desde niño siempre ha sido bueno para contar historias y de ahí su apodo".

"¿Cómo cree? ¡Pero si hasta la comida de los reyes conoce!"

"Claro, pero si hasta le puede contar con lujo de detalles como son los palacios reales. ¿Qué no ve que lo único que hace es ponerse a leer las revistillas esas de chismes? Si él le puede contar la vida de medio mundo mejor que ellos mismos. Es bueno hombre Don Timo. Pero váyase que se le va el tren".

Un segundo más y las puertas me agarran con medio pie por

dentro y medio pie por fuera. Ya sentado en el tren, recordé sus palabras: "soñar no cuesta nada, pero el tiempo sí que cuesta".

LOS ZOMBIS

Ana Escalona

No sé cómo pasó, pero el año pasado nos invadieron los zombis. Los preparativos para el último día de octubre comenzaban varios meses antes y cada año el proyecto se había vuelto más y más elaborado. Al inicio, venían solo los niños de nuestra cuadra y cuadras aledañas. El segundo año, llegaron niños de todo el barrio. Después se corrió la voz y cada vez llegaban más zombis de todos lados.

Mi hermano y yo nos emocionábamos cuando veíamos a papá llegar con la pickup llena de tablones de madera y entre los tres los desmontábamos y apilábamos afuera del garaje. Los fines de semana, desde principios de septiembre y hasta finales de octubre, venían los vecinos a ayudarnos a clavar y pintar los tablones para poco a poco ir armando los pasadizos en el jardín frente a nuestra casa. Mientras tanto, mamá y las vecinas se ocupaban de limpiar los esqueletos, fantasmas, momias y demás decoraciones que llevaban un año guardados en el ático y que adornarían el interior de los pasillos. Mi hermano y yo ayudábamos en la construcción. Con ayuda de nuestros vecinos, ideábamos los mejores escondites para asustar a los pequeños Batmans, brujas, Darth Vaders y princesas que esperarían su turno en la acera frente a nuestra casa de espantos. Después de cinco años, se había vuelto famosa, pero esta mañana papá declaró furioso que no lo haríamos más. Anoche las cosas se habían salido de las manos.

Hace unas semanas lo había escuchado hablar con uno de los vecinos.

–Este año tenemos que controlar mejor la entrada.

–Estoy de acuerdo. Ya no es como era antes. La idea es que sea para nosotros, para las familias del barrio, y no que trabajemos todo este tiempo para que lo aprovechen los zombis.

Los zombis, así los llamábamos.

El fin de semana pasado, junto con mi hermano y nuestros amigos difundimos el plan que habían ideado los adultos. Sería algo así como el pase express que compras en Disney. Corrimos la voz entre los niños del barrio. Si llevaban diez dólares para donar al hospital infantil de cáncer en el que trabaja como voluntaria mi mamá, podrían entrar por la fila rápida.

Anoche cuando empezó a oscurecer, me vestí y me pinté la cara de negro. Estaba todo listo, llevábamos días ensayando por las tardes y asegurando que todos sabían su rol, el momento exacto en el que debían salir, saltar o gritar al pasar los niños. Cada año mis padres nos contagiaban su entusiasmo y nosotros hacíamos lo mismo hasta que todos en la cuadra de Maple Hills Drive anticipábamos con emoción la noche del treinta y uno de octubre.

Eran alrededor de las nueve cuando me di cuenta de que algo raro sucedía. Salí de mi puesto para averiguarlo; habían pasado varios minutos sin que entrara nadie. Encontré a mamá en la entrada, muy alterada, como nunca la había visto.

–You letting twenty people pass from other line and little from this line. Our kids been waiting more than one hour –le gritaba, con su inglés entrecortado, una zombi histérica disfrazada de Cruella de Vil quien llevaba de la mano a un pequeño Spiderman. A través de su máscara pude ver unos enormes ojos negros que miraban asustados la conversación entre mi mamá y la suya.

–Los que están en esta fila, dieron un donativo. Si usted quiere entrar más rápido, puede hacer lo mismo –le explicó mamá en español bloqueando la entrada.

–And, and...y ¿cómo íbamos a saber que teníamos que traer dinero?

–Lo siento mucho, señora, esto lo hacemos sin costo alguno para la comunidad, esta es mi casa y sin donativo usted va a tener que esperar.

–¡Ustedes lo que no quieren es que entremos a su casa! – contestó la mujer enfurecida –¡son unos racistas!

Entonces vi cómo Cruella de Vil se volteaba y comenzaba a hablar agitadamente en español con las personas formadas detrás de ella. Y lo que pasó después no lo vi ya que mamá me dijo que entrara a buscar a papá.

Cuando por fin lo encontré y corrimos hacia la entrada, alcanzamos a escuchar el alboroto en inglés y en español que venía de afuera. Al llegar, vimos que no quedaba nadie en la fila rápida. No se veía ningún vecino conocido. Solo estaba la multitud de zombis gritando entre ellos y dirigiendo miradas amenazantes hacia mamá quien seguía firme bloqueando la entrada.

–Si no desaparecen en los siguientes treinta segundos, pasarán dos cosas –amenazó papá –Iré por mi pistola y llamaré a la policía. One...two...

En cuestión de segundos y como por arte de magia, los zombis comenzaron a dispersarse de prisa. Alcancé a ver cómo Cruella de Vil jalaba del brazo al pequeño Spiderman y lo vi alejarse, volteando hacia yo donde estaba, resistiéndose. Lo observé hasta que lo perdí de vista. Cuando giré hacia papá y mamá, me extrañó ver la expresión en su rostro. En silencio y con la

53

mirada fija hacía el final de la cuadra, era como si estuvieran tramando, deseando que llegara algo o alguien capaz de hacer que los zombis desaparecieran de verdad.

TRES GOTITAS

Leslie M. Gauna

I.

Estoy parada. La sangre chorrea lenta por la parte trasera de la pierna. Baja hasta el talón desde la lastimadura que me dejó el cinto en el revés de la rodilla. Me tiro a llorar. Mamá no me pega en la cama. Termina de disciplinarme y se va. La sangre se desliza suave y pegajosa como una lombriz. Me dan miedo las lombrices. Froto la piel con la mano, pero en vez de que desaparezca me embarduno más. No es como la tierra que puedo sacudir. Es como la témpera aguada que usamos en la escuela. Me limpio con la sábana de flores rositas. Otras veces uso la almohada. No me importa que mamá se enoje. Que me mate de una vez. No tengo miedo a morir, sólo quiero que no me duela. Si quedan manchas en la sábana, tal vez ni se de cuenta porque se confunden con el estampado. Ya no sangra. La lastimadura es sólo piel levantada. ¿Por qué tiene tres puntitos rojos? Hubiera preferido las dos vías de tren que deja marcada la lonja de cuero y no este calco con forma de hebilla.

II.

Hoy me toca a mí, en el estadio nuevo de Rosario Central, entender a mis compañeras de la escuela preguntándome "fijáte, si estoy manchada". Como si fuera una catástrofe, no entendía qué tanto les preocupaba. Mi papá compró dos entradas sin saber que al equipo de Argentina le iba a tocar venir para acá. Kempes hizo el primer gol, pero a mí me gusta Tarantini.

En el entretiempo voy al baño. Mi papá me espera afuera para que no me pierda. Doblo cien veces el papel higiénico. Lo pongo en la bombacha que ya está manchada. Doblo otro tanto para ponerlo entre la bombacha y el pantalón vaquero. Todavía hasta allí no llegó la sangre. Escucho las cornetas y un ¡uuuuy! cuando se pierden un gol.

–¿Por qué tardaste tanto? –me dice mi papá. Apuráte que ya empezó el segundo tiempo.

–Había mucha gente –le miento. Me dio vergüenza.

Otro gol de Kempes. Quiero saltar, pero ¿si se me corre todo?

De vuelta en el auto, vamos callados. Es raro en mí, pero lo normal para papá. Supongo que estará contento por el triunfo, aunque a él no se le nota. Llego a casa. Mamá, que se había quedado con mis hermanitos, está lista para salir a celebrar con el bolso de los pañales y mamaderas. Le cuento. Me da un abrazo y un pedazo grande de algodón. También lo cubro con papel higiénico para que no se me pegue. La sangre sale poca, por suerte.

–Otra vez tardaste tanto en el baño –me dice mi papá mientras soy la última en subir al auto.

–Déjala tranquila –le dice mi mamá retándolo.

Toda la ciudad celebra. Voy con mis hermanitos en el asiento de atrás. Hay que festejar que ganamos. "Cambiá esa cara", me van a decir. Me da miedo sentirme débil al perder sangre. Me hubiera gustado quedarme durmiendo sola en casa, pero no me iban a dejar. Cada tanto saco la cabeza por la ventanilla y con una banderita en la mano canto sin fuerzas: ¡Vamos, vamos, Argentina!

III.

Voy a la facultad de medicina para hacerle un favor a una amiga a punto de ser bioquímica.

–¡Eh, loca! ¿Cómo me encontraste en este laberinto?

–Me perdí entre tantos guardapolvos blancos. Para peor, no te dejan preguntar, atajándote con carteles que avisan: "Espere sentado –no golpear". Hubiera sido mejor haberme pegado la vuelta.

–No es nada. Sólo un pinchacito. Cerrá el puño así te pongo la gomita. ¡Mmm, qué lindas venas tenés! ¡Están bárbaras!

Yo no miro. En los estantes hay tubos de ensayo con suero amarillento arriba y sangre negra concentrada abajo. Apoyados en las mesadas, se ven más gomas para el brazo, y tubos de ensayos vacíos.

–No te preocupés. Ana es muy buena extractora –dice una de sus compañeras.

Veo un solo estudiante hombre. Está muy pálido. En el silencio me digo un chiste: este pibe hizo todas sus prácticas consigo mismo. No funciona. Igual imagino la aguja enterrada en el revés suave del codo y el líquido rojo tibio dejando mi cuerpo. Voy vaciándome, así se debe sentir el preámbulo de morir desangrada.

–¿Viste que no dolió?

–No.

–¿Qué te pasa? ¿Te sentís bien?

–No sé. Tengo un agujero en el estómago. Será el hambre por estar en ayuno.

–Te tomás un buen café con leche y medialunas y se te cura todo. Pero che, estás blanca.

–Estoy bien –le digo mientras me levanto. Quiero salir lo ante posible.

–¿Segura?

–Sí.

De pie me cuelgo la cartera. El vacío sube rápido como en un ascensor que arranca de golpe. Todo se apaga de a poco. Esa lombriz que conocí de pequeña se volvió sanguijuela. Chupó, chupó y me dejó débil, muy débil. Me sostengo de la silla.

Siento olor a alcohol en la nariz. Abro los ojos. Estoy en el piso frío.

–Por suerte tu cabeza golpeó primero en la silla de plástico y atiné a agarrarte mientras te caías. Fue un bajón de presión. ¿Lista para sentarte?

–Sí. Sí. Perdón.

–Qué perdón, ni perdón. Estas cosas pasan. Ahora ya sabés. Nada de andar ofreciéndote como donante de sangre.

El abrazo de mi amiga me recuerda que los músculos y huesos aún me sostienen y que esta vez no morí.

IV.

Estoy sintiéndome suertuda, embarazada del segundo, yo, quien de recién casados le había aclarado a mi esposo que no quería tener hijos. Habrá sido el fluir constante de dicha con el primero que me hizo olvidar el miedo de armar una familia. Al primer hijo, lo recuerdo inadvertido dando los primeros pasos, sosteniendo una banana. Nos arranca aplausos.

Vivimos en un garage apartment del barrio Montrose, en Houston. Nos gustan tanto sus pisos de roble que nos trajimos una enceradora desde Argentina para lustrarlos. En ese piso, tres meses de embarazo se desploman desde adentro mío. Parada en el medio de un charco, me quedo inmóvil contemplando los listones de madera ahora más oscuros. Grito el nombre de mi esposo. No lo puedo creer. Yo que me cuido y hago ejercicio. Tal vez haga demasiado. Ayer nadé mariposa con carreras de cien metros por tiempo con reloj. A mí me encanta cansarme, respirar agitada, sentirme morir después de un pique. Pero hoy no quiero morir.

–Mamá tiene buba –dice nuestro hijito.

–Mamá está bien –le aclara mi esposo mientras sale a buscar toallas. Yo sigo aún parada.

–Mamá, ¿agua?

–Bueno –le digo.

Mi cuerpo explotó en un gran coágulo y otros le siguieron. Ya en el hospital, mi esposo me repite lo que había escuchado del doctor. "Salió todo. Qué bueno que no van a tener que hacerte raspado."

Arriba, montada contra la pared, una tele muestra Plaza Sésamo. Pido que no cambien el canal. Plaza Sésamo me calma. Ojalá yo pudiera enseñar así en mi grado, como lo hacen estos guionistas y actores, disfrazada, con canciones y jugando. No siento emociones. La sangre sorpresa abrió mi útero, pero cerró mi pecho. Tuve que pagar para poder sentir mi tristeza. Lloré un año entero en cada sesión de terapia hasta el próximo embarazo.

V.

Estoy lista con un botiquín bien equipado: agua oxigenada, vendas, antibióticos. Uno de los chicos me regala, con sus ahorros, una caja plástica roja pensada para herramientas que transforma en First Aid Kit escribiéndole Emergency y dibujándole una cruz blanca. Con el crecer de los hijos descubro que no me da miedo la sangre en otros. Sé sostenerle el brazo con la fractura expuesta al segundo hijo. Apretó una toalla en la cabeza del primero, cuando su hermano le tiró una piedra en el lago de Huntsville. La sangre sale a borbotones, se mezcla con el agua marrón. Pienso en los lagartos que habíamos visto esa mañana en esas mismas aguas.

VI.

Ahora ya no imagino la sangre que sale de mí como si fuera un presagio a un destino de morir desangrada. Con la plenipausa, como la llaman mis amigas, ya se fue la menstruación. Antes de que se cortara, pude reconciliarme con ese ciclo y entender que en realidad se encargaba de limpiarme.

Reconozco que todavía no me animo a ver cómo se llena el tubito mientras me sacan sangre para mis chequeos médicos por ser prediabética. Charlo con la chica del laboratorio. Tiene un blog y ella sabe que enseño. Esta última vez, después de que me sacó la goma, apretó un algodón y dio dos vueltas a mi brazo con cinta adhesiva, intercambiamos contactos.

Hoy vi sangre en la cama y me sorprendí. Son tres gotitas rojas en la sábana de mi juego preferido. Es blanca, tiene más de mil hilos y es el primer juego que, en más de treinta años, mi esposo y yo elegimos juntos.

–¿Qué es esto? –le pregunto mientras tendemos la cama.

–Fue anoche, supongo.

–Qué raro. Ni me di cuenta cuándo pasó.

Sí me acuerdo de mi posición arriba, frotaciones y orgasmos múltiples, sexo intenso y sorpresivo a esta altura de la vida.

Decido no sacar las sábanas para lavarlas. Estiro el acolchado encima. Las dejo un día más. Son tres gotitas de sangre que me hacen sonreír cuando las miro.

FÁBULA PENDIENTE

Lourdes González

El planeta tierra convocó a una sesión plenaria urgente de todo tipo de población. Se había descubierto que la raza humana era ahora una especie en peligro de extinción. La falta de entendimiento, la violencia había alcanzado niveles extremos. Preocupada con el aumento del armamento nuclear y de la desconfianza en los humanos, la creación entera se dio cita para hablar sobre la posibilidad de impedir una catástrofe que pusiera fin a la raza humana.

Los primeros en exponer fueron los peces y muchos no estaban de acuerdo en ayudar a las personas. Se quejaron de los métodos brutales de pesca, del encierro en acuarios. Los delfines salieron en su defensa. Se estaban comunicando con los humanos y argumentaron que era posible la convivencia. Las ballenas no acababan de definirse, presentaron votos a favor y en contra. La muy mermada flora marina para nada estuvo de acuerdo, ella no sentía ningún interés en ayudar a mantener viva la especie. Agregado a esto existía ya un largo historial de demandas por parte de las perlas.

Las aves expusieron sus razones. Hubo fuertes quejas sobre la "caza deportiva", pero también testimonios a favor, porque existían personas preocupadas en serio por proteger a las aves.

Les tocó el turno a los mamíferos terrestres. Muchos habían

63

sufrido persecución, encierro, muerte e incluso la extinción, esa que ahora amenazaba a los humanos. Hubo voces a favor. Por ejemplo, los murciélagos unánimemente votaron por ayudarlos. Los monos trepando por todos lados y chillando a favor y en contra hacían más complicado el asunto. Los Conejillos de Indias profundamente ofendidos querían la desaparición de los humanos.

Los insectos fueron más unánimes en su decisión. No tenían ningún interés en mantener vivas a las personas. Tanto las hormigas, moscas e incluso las abejas deseaban existir y para esto, los humanos habían llegado a ser un estorbo. Las mariposas Monarca hablaron a favor. A las cucarachas el asunto no les interesaba en absoluto, ellas sobrevivían sin necesidad de nadie así que ya podía la especie humana decirle adiós a este mundo. Aburridas de tanta discusión y gritería se marcharon todas.

Cuando hablaron los árboles, presentaron muchísimos argumentos en contra y, sin embargo, poco a poco hubo voces que se levantaron en favor de ayudarlos. Últimamente había un cierto sentimiento de solidaridad por parte de muchos humanos. Los vegetales y las frutas armaron una enorme protesta porque no se los tenía en cuenta para nada. Eran considerados alimentos sin entender que también estaban vivos. Llevaban años siendo adulterados con químicos y tóxicos y además no les permitían desarrollarse normalmente. No hubo manera de callarlos.

Los minerales opinaron en contra de cualquier ayuda, eran utilizados solo para servicio y disfrute de los hombres. Llegados a este punto, comenzaron a hablar todos a un mismo tiempo y no había forma de llegar a un consenso.

Se oyó entonces la voz grave de la Madre Tierra. No gritaba, pero ante sus palabras el planeta entero vibraba como si se tratara de un terremoto.

—Los he escuchado —explicó —y siento que tienen razón. La raza humana ha sido la peor plaga. La amenaza no proviene de afuera sino de entre ellos mismos.

Su voz sonaba como salida de la raíz, de la entraña misma de la tierra. Los temblores también se iban haciendo más fuertes.

—Han destruido gran parte de este planeta y ahora están a punto de destruirse a sí mismos —continuó.

Había comenzado a llover, al principio con unos goterones inmensos, dolorosos, que fueron cavando zanjas cada vez más hondas. Aparecieron en las grietas unos bordes rojos como de herida abierta, sangrante. Uno a uno los minerales empezaron a retirarse.

—No, que no se vaya nadie —gritó una ceiba enorme y despeinada —, estamos aquí porque hay una emergencia.

—Esto no es un juicio —habló de nuevo la Madre Tierra —, siento que no puedo abrazar a los hombres como quisiera — Hizo una pausa —. Tampoco es justo que desaparezcan... pero quizás es la única forma de que el resto sobreviva.

—¿Y qué hacemos entonces? ¿Qué hacemos? ¿Qué hacemos? — chillaron a coro las Guacamayas Macao.

— ¡Basta! —gritó la Madre Tierra llena de cólera—, no puedo evitar el dolor, el dolor de los hombres, el de ustedes y el mío. ¡Siento que no puedo salvarlos!

Justo en aquel momento se escuchó una explosión ensordecedora. El ruido de las bombas y la metralla fue invadiendo los espacios. Los hombres por fin habían quebrado el frágil acuerdo de paz que los separaba del infierno. El planeta entero parecía estallar en pedazos. Hubo un estremecimiento general ante el silbido que cruzó el espacio y se expandió como un hongo enorme de color rosa y azul por todas partes.

Se hizo el silencio, millones de formas se esparcieron con rapidez por el espacio. Pólvora, restos humanos y de animales mezclados en aquel movimiento, en aquella danza cósmica, terrible y armoniosa, sin otra música que el silencio.

EL CAMINAR DE LAS NUBES

María Eugenia González

Desde hace seis años no he regresado a mi ciudad natal. Partí un día cerrando la puerta de mi casa, con la esperanza de volver en muy poco tiempo. Soy la hija mayor de mi madre y tengo un hermano menor. Mi madre siempre trabajaba, se había separado de mi padre desde hacía varios años. Vivíamos en la casa de la abuela. Mi hermano y yo siempre habíamos estado cerca, y ahora estábamos tratando de reencontrarnos, él quería ver a mamá, que desde hacía unos meses se encontraba conmigo en el extranjero.

De pequeños, solíamos comer en una gran mesa para doce personas, que no tenía sillas, pero si dos largas bancas de madera a cada lado, en las que cabíamos hasta cinco niños apretados, y un par de adultos o dos pares en el otro lado. Eso dependía de la hora del día. Siempre estábamos los cuatro hijos de Nerio más mi hermano y yo; pero a veces llegaba más gente, los otros hermanos de Nerio con sus familias. La casa de la abuela se llenaba de niños y adultos cada fin de semana.

Las Navidades eran fantásticas. Recibíamos regalos a medianoche después de cantarle los villancicos al niño Dios en su nacimiento, al pie del pesebre...recuerdo vivamente la alegría de esos días, cuando el ambiente se llenaba con música a volumen muy alto para los adultos, después de las doce, hora a la que los niños nos íbamos a dormir.

Una mañana, la resaca de Nerio fue tan fuerte, que cuando nos levantamos a buscar los regalos debajo del arbolito, lo encontramos dormido, abrazado a los regalos, totalmente inmóvil.

Poco a poco la banca de la mesa se fue aflojando, y se tambaleaba de un lado, a otro. La Tía Josefa pegaba un alarido al cielo, cada vez que veía que la mesa y las bancas se iban desbaratando todas al pasar de los años, y las mandaba a reparar, hasta que un día ya las bancas no sirvieron para más, y el festín de las comidas en la casa de la abuela se acabó, así como desaparecieron los muebles, que reunían a la familia completa, tan numerosa, en un solo lugar y a importantes horas del día.

Desde esa vez, dejamos de ser los familiares cercanos que comíamos juntos en esa mesa. Cada uno tomó rumbos en direcciones diferentes, y las elecciones de vida personales, no compaginaban entre sí, con las rutinas de las cosas que deseábamos. Un día, alguno de nosotros cambió el mango por la manzana. Nerio se mudó, los hijos fueron a estudiar a otra escuela, y mi hermano y yo nos cambiamos de casa, estudiamos carreras afines, pero cuando yo me casé la distancia se hizo más grande, porque me tocó viajar fuera del país, y en algunas ocasiones viajaba con mi mamá; como un viaje a Perú que hicimos juntas, y le celebré su cumpleaños almorzando en un restaurante en la ciudad de Lima, pero mi hermano se había quedado trabajando, llevando su vida en casa, en nuestro país.

De vez en cuando yo volvía a visitar la casa de la abuela y muchas veces durante el tiempo que estaba allá lográbamos reunirnos, aunque fuera una sola vez, porque ya no vivía en esa ciudad todo el tiempo. El solar se alumbraba con la alegría de una parrillada familiar, donde el chorizo se asaba con leña y los pequeños tamales dulces esperaban cerca del fuego el tiempo para ser servidos. Entre el humo de la barbacoa ardiendo y la música de fondo, los primos nos contábamos las experiencias de las cosas que nos habían ocurrido en nuestras nuevas vidas, algunos en el oriente, a otros a orillas del lago, el que ya más nunca fue cristalino, sino más bien pedía a gritos que cesaran de lanzarle bolsas de plástico, y que le pusieran una planta de tratamiento, en la desembocadura de las aguas servidas, que recibía sin purificar.

Desde hacía muchos años, atender al lago fue imposible, porque la ciudad fue cambiando, fue perdiendo su esplendor y promesa, como cuando hay un terreno vacío en una calle y al poco tiempo lo ves tapado de desechos, así le estaba ocurriendo a la ciudad. Ahora, ya no podíamos ir a reunirnos, porque todos vivían como en una ruina indeseada, y yo lo veía desde una ventana como muchos que se han ido, pero a mí me tocó respirar la fragancia de los diferentes árboles que me rodean como pinos y robles, viendo llegar la ruina sin poder hacer nada...apenas a la distancia he logrado ver el caminar de las nubes en el cielo, y pedir el deseo de que las cosas cambiaran en casa allá, en mi tierra, para mejor.

Cuando a mi hermano le tocó partir se llevó pocas cosas, el viaje que emprendió lo haría como viajero terrestre, subiendo y bajando buses de frontera en frontera, rumbo al sur de América. Decidió partir una madrugada un día martes de cielo despejado, entre lo poco que pasaba que causaba angustia, en la ciudad, porque era más pesar que ilusión sostenida, la ciudad estaba en calma, como todo martes de una semana cualquiera en otra parte del globo terráqueo, pero en Maracaibo, la calma era extrema, de una ciudad agonizante, casi moribunda.

Juan tomó rumbo hacia el sur, opuesto a mi meridiano. Se fue vía el occidente venezolano para hacer un parada en Colombia. Yo había visto un poco de los paisajes entre Colombia y Venezuela en mis viajes Nor-Occidentales, a través de las fallas, y entre el cambio que se da desde de la Sierra de Santa Marta a desierto y dunas como las que hay en la Guajira, pero mi hermano, me contó con algunas fotos, la belleza del paisaje cuando se recorren hacia las montañas neogranadinas, entre una abundante vegetación de diferentes colores de verdes, que cubren los grandes declives, uniendo los paisajes de los dos países, a través de la Cordillera de Los Andes, siempre fascinante.

El viaje en bus lo hacía sentado del lado de la ventana, hacia la mitad interna del autobús, para tener una vista completa de las zonas por donde iba pasando. Algunos buses no tenían aire acondicionado ni siquiera, pues trataba de tomar los primeros que se conseguía en los terminales, de esa manera no perdía tiempo, muchas veces durante los trayectos, a los buses también tenían que cambiarles las llantas, porque no estaban en muy buen estado, o porque se deterioraban con lo rudo del pavimento montañero.

En una parte del viaje se detuvo por un período de casi cinco días, pero no más de una semana. Entonces me escribió, contándome las razones de por qué no avanzaba el recorrido. Tenía que partir en autobús para llegar a Ecuador, pero cuando iba por la carretera, una lluvia torrencial con fuertes tormentas eléctricas inundó la zona. Todos los pasajeros se bajaron del autobús, y se hospedaron en una posada de un pequeño pueblo cercano al camino, en un principio había una mujer que aparentaba tener unos sesenta años, que era la dueña de la posada más grande del pueblo, a todo el mundo le decía que entraran a buscar refugio en la posada La Salvación, después que varias personas se acomodaron, la mujer salió por el
70

camino y llegó a donde estaba Juan con su mochila esperando qué hacer, un par de mujeres le dijeron que se tomara un tinto, en el kiosko a orillas de la carretera, y a la mujer dueña de la posada grande le dijeron que se secara el cabello, porque estaba empapada de agua de lluvia, de repente, llegó otra mujer que era su hija y le pidió a la señora que se quedara tranquila allí en el kiosko. Mientras la mujer joven se fue a lavar las manos bajo un grifo por el que salía agua pura y cristalina, la mujer mayor aprovechó que la mujer joven estaba de espaldas a la puerta y salió rápidamente corriendo bajo la lluvia, recorriendo el camino que estaba inundado de agua, la joven mujer al darse cuenta comenzó a gritar y fue cuando mi hermano Juan, salió bajo lluvia y fue a rescatar a la mujer mayor, que ya había resbalado en el suelo enlodado y la tomó por un brazo pidiéndole que se devolviera.

No habían pasado un par de minutos en el que Juan y la Señora entraron al kiosko, cuando la tormenta eléctrica comenzó a descargar rayos tan potentes, que causaban explosiones en todo el pequeño pueblo y enfrente del kiosko a orillas de la carretera, causando que ramas de árboles cayeran bloqueando el paso. Por suerte no hubo un solo techo incinerado, pero las explosiones de los truenos de fuego, parecían como si detonaran dentro de la cabeza de la gente, aterrando a todo el pueblo entero, la mujer que había salido corriendo bajo la lluvia, no le pasó nada, gracias a que Juan la rescató justo antes de las descargas eléctricas.

Nosotros hemos visto y hemos escuchado en nuestras vidas grandes explosiones causadas por los relámpagos, que no son más que un conjunto de nubes cargadas de agua en el cielo que chocan entre sí, produciendo una respuesta eléctrica que da origen al rayo, y al trueno. Somos del estado que más genera tormentas en todo el mundo, el Zulia, y es habitual que en épocas de lluvia se generen esas tormentas de tal magnitud, pero lo que mi hermano vivió en ese camino, dijo que nunca antes lo había escuchado, ni mucho menos visto en su vida.

Juan esperó los tres días siguientes a la tormenta en el pueblo, hasta que bajaran los niveles de agua en los arroyos adyacentes y continuó su camino hacia Ecuador. La travesía incluía pasar por Perú, Bolivia, hasta llegar a Chile. Allí encontraría unos amigos que había contactado para terminarse de acomodar, y comenzar un trabajo que le esperaba en el área contable de una empresa, que había contactado antes de salir de Venezuela, a través de varias solicitudes de empleo a las que aplicó.

Desde que me contó aquel episodio del viaje, Juan no me había escrito más, yo había estado pendiente día a día de los buzones de correo electrónico y postal, no sabía de qué manera él podía ponerse en contacto conmigo. Traté de crearme una rutina que incluía a mi madre. Mamá expresaba el cansancio marcado en sus ojos y hasta había perdido algo de su dentadura. Las pensiones, una la percibía y el dinero no era suficiente para pagar sus medicinas, y la otra pensión la del seguro social, la perdió, no existió manera de recuperarla desde que salió del país, nos ha tocado una ruina apátrida, que nos persigue como una sombra.

Cada día yo trataba de revisar los anuncios de empleo, sin dudas, seguía pensando en el cuidado de mi madre con los primeros signos de Alzheimer y no perdía las esperanzas de alguna vez volvernos a reunir mi hermano, mi madre y yo.

Pasados unos cuantos meses, justo terminando la jornada de trabajo, había conseguido un empleo de para profesional en educación; sonó el teléfono, era un número local desconocido; que un teléfono móvil repique en las tierras del norte últimamente es muy poco usual, porque se opta por textear

72

mensajes, y porque ahora poco se usan las llamadas telefónicas. Respondí en inglés, pensando de quien podría ser ese número. La voz de hombre del otro lado, me sonó familiar, pregunté quién era y para mi gran sorpresa, contestó que era mi hermano. Él había llegado a visitarnos, sorpresivamente. Le pregunté dónde estaba, yo aún no podía creerlo, y me dijo, en tono emocionado: Estoy en las afueras del aeropuerto, visto chaqueta de Jean claro y un pantalón azul índigo, ¿Me puedes venir a buscar, hermana?

Mi alegría fue incontenible, le contesté explicándole el tiempo que me tomaría llegar hasta él, colgué de inmediato, recogí mi bolso y salí apresurada hasta el automóvil, mientras manejaba, no dejaba de imaginar la alegría de mi madre al ver a Juan, y el largo abrazo que nos esperaba, mis lagrimas corrían como cauces de agua al borde de una cascada, eran tantos años sin vernos, todo lo que nos había ocurrido desde que la ruina comenzó en nuestra ciudad, los momentos importantes descritos en cartas o correos, para mantenernos al día en nuestras vidas, y ahora todos esos esfuerzos se resumían en unas pocas millas que yo tendría que recorrer, no sabía si mi hermano estaba de paso, pero era lo que menos me importaba en ese momento, yo solo quería ver a mi hermano y abrazarlo.

Llegué al frente del aeropuerto siguiendo la dirección que él me había dado, no me demoré mucho, el tráfico estaba ligero. Me bajé del automóvil y vi el hombre con la chaqueta de jean y pantalón azul índigo, cuando caminé hacia él, ambos gritamos hermano!, hermana!, y nuestras sonrisas y caras de felicidad no encontraban espacio, mi hermano me levantó y yo me volví a sentir como aquella niñita que jugaba con él, y que cuando algo me pasaba él me cargaba apretándome por la espalda, aunque somos casi de la misma estatura, él no podía cargarme, pero de cualquier forma me levantaba del piso y me llevaba a sentar donde pudiera para revisar mis rodillas o el lugar donde me había golpeado.

Sin perder mucho tiempo nos embarcamos de nuevo en mi automóvil, nos esperaba el encuentro con nuestra madre, íbamos en camino, contándonos lo más reciente. De repente el tráfico se congestionó, había ocurrido un accidente a pocas millas y ya la hora era pico, mi hermano se quedó admirando el cielo y comentó: Hay un cielo muy lindo, miro mi vida en retrospectiva y se parece a lo que miro ahorita mismo, el caminar de las nubes... yo soy como una nube y camino la vida como ellas recorren el cielo.

Era por eso era que extrañaba tanto a mi hermano Juan, deseaba con infinita nostalgia reencontrarme con mi hermano poeta, ese hombre que miraba el mundo de otra manera, que huyó de la miseria que vive mi país, para caminar como nube por el mundo.

EL TRUEQUE

Alex Guerra

Ante la imposibilidad de que los testigos viajaran a la ciudad, se habilitó un aula de la escuela rural del Molinillo. Una vieja mesa de madera cubierta con plástico verde decolorado por el sol sirvió como estrado del juicio de una niña de diez años acusada de homicidio. El único caso de esa naturaleza que tuve en mi servicio como juez del tribunal de menores.

Los pósters amarillentos de Benito Juárez y del presidente Zedillo, uno al lado del otro, sobre la pared de adobe del salón me daban la impresión de que el tiempo se había detenido en esa ranchería. Mi madre era originaria del Molinillo y sentía un cariño especial por ese lugar y sus habitantes. En sus pláticas me contaba que ahí había pasado una infancia llena de felicidad. "¡Un asesinato en mi pueblo, hijo! Júrame que vas a apoyar a esa familia, no es normal que una niña tan pequeña haya sido capaz de semejante atrocidad." Con esas palabras mi madre me hizo prometer que ayudaría a esclarecer el asesinato.

Los testigos y poco más de una veintena de pueblerinos bastaron para abarrotar el pequeño sitio. El primero en rendir la declaración fue Toribio.

Que me lleve el Chaneque si le miento, la verdad yo aún no puedo creer lo que vi aquella madrugada después de la fiesta patronal, mucho menos que Marianita pudiera ser capaz de hacerle tal cosa al Piojo, que en paz descanse.

75

Un "en paz descanse" que se perdía entre el barullo de los asistentes al juicio, tan perdido como la posibilidad de que el alma del Piojo lograse el descanso eterno.

Me distraje un segundo para voltear a ver nuevamente la imagen del presidente, el cual sostenía una mirada con orgullo. Muy probablemente la fotografía había sido tomada antes del conflicto con la tropa de los Zapatistas, evento que lo catapultó como uno de los peores dirigentes del país.

Ese día, estaba yo esperando a que clareara un poco pa regresar a casa, ¿y pa qué mentirle? todavía traía el efecto de la huarapeta que me había puesto en la cantina del viejo Zeferino, así que me quedé dormido sentado en la banca donde había amarrado mi cuaco. Jueron los gritos de Marianita los que me despertaron. El corazón se me puso saltón como liebre al verla correr. Sus piernas eran como dos quelites secos a punto de romperse y su vestido blanco todo lleno de sangre lo llevaba sostenido con una de sus manos.

El viejo Zeferino nos corrió a eso de las tres de la madrugada. Yo había estado sentado en una mesa al lado del Piojo, que en paz descanse, y de Melquiades, el tata de Marianita. Pero qué le cuento a usté, si ya nos conoce a todos en el rancho. Según supe su amá nació en este terruño, ¿verdad, mi juez?

Recordé que cuando íbamos de visita al Molinillo conocí a mucha gente incluido el Piojo. Yo contaba con seis o siete años, el Piojo era no más de dos años mayor que yo. Su apodo fue tan popular que la gente se olvidó de su nombre de pila. La causa del sobrenombre "Piojo" fue el parecido de las verrugas que rodeaban su cuello con estos parásitos.

Bueno, le decía, manque aquella noche me invitaron a que me sentara en su mesa, yo me negué. Yo con ese tipo de mugres no me embarro.

Clarito los escuchaba desde mi mesa, le digo que estaba bien repegado a ellos, si parece que veo al ya difunto Piojo rascándose el cuello todo enverrugado y prieto, mientras quería cerrar el trueque con Melquiades. Este apenas y podía fruncir el ceño después del ataque que le dio por la azúcar.

"Anímate, mi valedor, mira que ya te pagué tantas cervezas que me va a salir caro el trueque", empezó el piojo reclamándole a Melquiades.

La voz de Toribio cambió de tono, sus ojos alargados y negros se tornaron maliciosos y con un brillo que yo había aprendido a reconocer con otros depredadores sexuales.

"¿Estás loco, crees que no sé los gustos que tienes cabrón?, ya me han contado el montón de cochinadas que le hiciste a la hija del herrero. Pobre escuincla, casi se desangra, y la dejaste inservible pa' tener hijos", le contestó Melquiades rete encabronado.

Giré mi cabeza hacia donde estaba Melquiades sentado en espera para rendir su declaración. El lado izquierdo de su cara mostraba el coraje ante la declaración de Toribio, no así el lado derecho que parecía haberse derretido por la parálisis que había sufrido hacia ya varios años, según me enteré después del juicio.

"Toribio de mierda, mal agradecido", interrumpió Melquiades la declaración mientras le escurría la saliva por el surco de la mejilla afectada.

"Orden en la sala o lo mando directamente a prisión sin derecho a contar su versión de los hechos", grité. La sala quedó enmudecida.

Bueno, le decía que el Piojo, que en paz descanse, haciéndose el mustio le dijo: "Eso fue porque yo estaba rete joven y no sabía lo que hacía, pero ya es diferente, ya estoy más cansado y voy a necesitar a alguien joven pa' que me cuide cuando ya este viejo de a tiro". Ellos siguieron platicando hasta que nos gritó Zeferino. "Se cierra el changarro, ¡ora todos a pagar y pa' fuera!"

Ya casi pa irnos escuché que el Piojo seguía diciendo a Melquiades "Entonces qué, ¿te animas? Vámonos a tu jacal a seguir la parranda, luego vemos que pasa, total si no quieres hacer el trueque, amigos como siempre". Yo me adelante pa salirme cuando el Piojo me detuvo "Y tú, Toribio, ¿te animas a seguirla?" No, yo, ya ando medio pedo, ya me voy a mi casa", le dije.

"Tú sabes que con todo lo que nos han quitado los Zapatistas, quesque a favor del pueblo, no te puedo ofrecer más. Y ni como ponérseles al brinco a esos cabrones, con ellos no hay trueques, si no hubiera sido por mis ruegos, hasta el burro y la cabra flaca se hubieran llevado, y ya ni eso tendría pa ofrecerte". Fue lo último que alcancé a oír del Piojo.

Después los vi alejarse empinándose el último trago de cerveza. Y pos del resto ya no sé nada.

Puede regresar a su asiento, le dije. Toribio se dirigió a su silla sosteniéndole la mirada a Melquiades en el trayecto. Este parecía hacer un esfuerzo en su ojo derecho para alanzar la misma altura del ojo izquierdo, el cual destellaba odio, creando una elevación de la ceja haciendo que su rostro quedara aún más desalineado.

Señora Eusebia, es su turno, cuéntenos que fue lo que usted presenció esa madrugada. Tome asiento. Entiendo su llanto, pero debemos proseguir con las declaraciones. La mujer entrelazaba sus guaraches, vi sus manos abotagadas temblar al llevárselas a cubrirse el rostro.

No sé ni cómo decirle siñor juez, mi viejito llegó ese día pidiéndome unos tarros pal mezcal y me pidió que le calentara los frijoles y la sopa porque ya le hacía harta hambre.

78

Mientras la mujer seguía contando la historia yo no podía dejar de observar el abultado estomago de Melquiades que torturaba a los botones de su camisa roída.

¡Ay, viejito!, solo queda casi puro caldo y quería dejarlo pa' mañana, el doitor me dijo que Monchito esta desnutrido, casi tísico, que había que engordarlo y ¿pues cómo?, si la cosecha a estado bien floja. Me acuerdo siñor juez de que malamente le contesté.

La voz de Eusebia se cortó y su piel acartonada se tornó rojiza. Las palabras que le siguieron apenas eran susurros que daban la impresión de haberse arrepentido de salir de su garganta.

"Usté, obedezca y no rezongue, que de repente las cosas pueden cambiar", me dijo mi Melquiades mientras se servía el mezcal que nos había quedado de la confirmación de Marianita.

"Ya ve, valedor, si todos andamos necesitados, quien quita que ya estando emparentados juntamos las siembras y le trabajamos a los contrarios, a los que, si nos ofrecen buena lana por ellas", le dijo el Piojo. ¡Ay siñor juez es que nunca he sabido el nombre del difunto!

"¡Ya valedor! Si la Marianita ya está en edad de ser mujer, mi amá se juntó con mi apá a los once y aunque al principio no era buena pa' parir, luego se llenó de crías", le seguía diciendo el piojo a mi Melquiades.

"No chingue, si todavía no le viene ni su mes, y esta re flaca, y le quedan como seis meses para completar los once. Le digo que usté sí que esta raro, y con todo lo que cuentan de usté, eso que les hacía a las chivas, eso sí estaba bien torcido. Y pos no se si me gustaría que mija le sacara cría con usté." Todavía le alegó mi Melquiades al Piojo, mientras yo le rogaba a Diosito que lo convenciera.

"Usté sí que tiene buena tatema, aunque yo también me

acuerdo de cuando éramos escuincles. ¿Que, ya se le olvidó lo que usté les hacía a las pencas de maguey?"

Eso sí que no le entendí a ese hombre siñor juez.

"Esos eran buenos tiempos valedor, buscábamos diversión por todos lados. El burro, la cabra y cuatro litros de tequila, y pa' que vea que no soy mal agradecido se queda con el caballo de carga que tengo. El animal está viejo, pero todavía aguanta unos años más". El Piojo no dejaba de tentar a mi Melquiades.

"¿Qué pasa con las gorditas y los frijoles, vieja? Ya la tripa grande se quiere comer a la chica", me gritó mi Melquiades. Yo andaba rete enmuinada de que aquel hombre, el difunto Piojo se fuera a comer lo poco que nos quedaba.

Seis años antes, en esa misma fecha en la clausura de la Feria de Santo Patrono del Molinillo, según me contaron los pueblerinos, se había llevado a cabo el trueque de Cleofas la hija mayor de Melquiades.

"A ver chingado, ya casi me convence, pero por qué no se lleva a Cleofas, mire que esa tiene más carne y aún es joven y es rete chambeadora y ya hasta cría lleva. La Marianita está loca, ahora resulta que se cree letrada, con todas esas ideas que el maestrito nuevo le ha estado metiendo. Ya le dije que estudiar no es para las hembras y menos las probes. Ya varias noches le he metido sus cintarazos, porque se queda hasta bien tarde con esos libros llenos de solo Dios qué, pero es necia la condenada". Mi Melquiades trataba de convencer al difunto Piojo, pero este bien terco como una mula no aceptaba.

"No se apure, yo la meto en cintura, solo deje que tenga el primer crío y se amansa". Yo, cuando le oí decir esto, la piel se me puso de gallina, no pude aguantar el llanto, sentí una pesadez aquí justito en mi pecho, así mesmito como cuando se llevaron a mi niña Cleofas, aunque al menos a ella ya le había venido su regla.

Eusebia volteaba a ver a Melquiades, apenas levantaba la mirada. Yo albergaba la esperanza de que a este se le cayera la otra mitad de la cara de vergüenza, pero eso no pasó.

"No le digo que aún no está madura, es por eso por lo que no quiero y mire que me hace harta falta el dinero". Mi Melquiades no quería hacer el trueque, siñor juez.

"Pos con el perdón, Melquiades, pero Cleofas ya pasó por otras manos y pos por algo se le regresaron. No, yo no voy a ser el gueyón de naiden." Con el rostro ya serio se encaminó a la puerta ese hombre.

"Eusebia, ande a despertar a Marianita y que de una vez arrejunte sus cosas, se va a ir, y que deje todo ese montón de libros que pa' algo nos han a servir, aunque sea pa prender la leña". Me mandó mi Melquiades y pos yo hice lo que tenía que hacer. Fui a despertar a Marianita, mi niña, si apenas hace poco que la habíamos confirmado, y siempre tan apegada a las cosas de Dios. Los años pasan rápido y los hijos te darán consuelo tan pronto lleguen, pensé. Le acomodé en un morral su librito de oraciones y su vestido de confirmación, para que lo tuviera de recuerdo. La desperté, traté de explicarle las cosas, pero no me salía nada de voz, ni pasando saliva se me quitaba el nudo de mi garganta. Con lo poco que me salió le dije que no se preocupara, que su ángel de la guarda estaría siempre junto a ella. Después la llevé con mi Melquiades, para que fuera él quien la entregara al difunto Piojo.

En este punto de las declaraciones, yo no sabía quién era más culpable. Llegó el turno de la declaración de Melquiades. El hombre se negó a sentarse, bajó el ala posterior de su sombrero y trató de subirse la hebilla del cinto sin éxito.

Aparte de la vergüenza de ser el padre de una malagradecida, tengo que venir y pararme frente a toda esta bola de chismosos y aceptar que mi hija me salió trastornada. Dijo Melquiades mientras buscaba la mirada de Eusebia. Esta por su parte, abrazaba a Marianita, que no se quitaba las manos del rostro. Yo por más que le busco, no me entra en la tatema como esa escuincla flaca sacó fuerzas para chingarse al Piojo. Terminó Melquiades para luego regresar a su asiento.

La peor parte había llegado, era hora de la declaración de Marianita, la llamé al estrado, esta negó con su cabeza, cayendo varios mechones de cabello sobre su vestido.

¿Quieres que tu mamá nos acompañe a otro salón para que me cuentes lo que pasó?, le pregunté en un tono menos firme del que había utilizado hasta entonces.

Ella se descubrió la cara para abrazar a su madre, Eusebia se incorporó para seguir a uno de los guardias que las acompañó al salón contiguo. Una vez ahí le volví a preguntar acerca de lo ocurrido aquella madrugada. La niña se descubrió el rostro, enderezó su espalda y levanto sus hombros. Sus ojos ya no mostraban la hinchazón provocada por el llanto. Su mirada era fija y con apenas algunos parpadeos inició su declaración.

Estaba yo medio dormida cuando mi mamá me dijo que me tenía que llevar mi ropa, yo no le entendía del todo, pero la seguí hasta la cocina, ahí mi papá y el señor que le apodan el Piojo estaban a las risas. Este le decía compadre a mi papá. Entonces se me vino el recuerdo de mi hermana Cleofas, pero yo le había pedido a mi ángel de la guarda que no me abandonara, pero no me escuchó.

Tan pronto terminó de decir esta frase se rasco la nariz y volteando al techo de lámina por unos segundos volvió su rostro ante mí y continuó.

Alcancé a oír que mi mamá lloraba mientras yo salía. Yo todavía adormilada acompañé al señor Piojo a su casa. Tuvimos que caminar varias cuadras hasta que llegamos. La noche estaba fría, y el rocío me mojó todita la ropa, pero el señor Piojo

82

parecía no sentirlo. A mí me temblaba todo el cuerpo. Cuando entramos seguí temblando todavía más. Después él me dijo que le sirviera más mezcal. Yo le llené el vaso hasta el tope. Me pidió que me sentara a su lado y antes de que se terminara el mezcal, yo le serví más. Eso lo había aprendido con mi papá, que nos ponía a hacer lo mismo, continuó Marianita.

Después de un rato acercó su cuerpo como queriendo abrazarme. Luego me dijo que me pusiera mi vestido de confirmación, que me quería ver así, de blanco. Yo no supe qué decir, tenía mucho miedo de que si no le hacía caso me fuera a golpear. Abrí el morral y saqué mi vestido blanco de confirmación, los olanes estaban todos apachurrados, como tristes. Cuando trataba de acomodarme mi vestido, lo vi acercándose. De repente me estaba jaloneando hasta que de tanto me arrancó una parte de mi vestido. "Así te ves mejor y ya verás que se te va a quitar el frío", dijo mientras se rascaba las verrugas del cuello. Yo no podía moverme, solo lloraba en silencio. Ya nunca voy a poder usar un vestido blanco, pensé. De repente el señor Piojo empezó a tambalearse hasta caerse, casi me lleva con él al suelo. La botella de mezcal que llevaba chocó contra la pared y su cabeza con el filo de la chimenea.

¿Quieres tomar un descanso, Marianita? Ella me sostuvo la mirada negando con su cabeza. Se acomodó su cabello lacio, desordenado, se quitó los pocos mechones de cabello del vestido y los tiró al suelo. Sin hacer ninguna expresión continuó.

La cabeza del señor Piojo se dio contra la chimenea, luego se le empezó a mover de un lado para el otro y sus piernas temblaban, a mí me entró mucho miedo. Traté de ayudarlo a levantarse, pero cuando le vi el cuello, las verrugas estaban más grandes y seguían creciendo, y creciendo y le caminaban, le empezaron a cubrir todo el cuello, luego la cara. Yo sabía que si no hacía nada le iban a llegar a la nariz. Tomé el pico de la botella y le quise quitar las verrugas, pero no pude. ¡No pude! Así estuve intentando, pero nada. Después de que el señor Piojo dejó de mover las piernas me di cuenta de que las verrugas lo habían matado. Me levanté, acomodé mi vestido todo lleno de sangre y me fui a buscar a mi mamá. Terminó de contar su historia Marianita, abrazando ahora ella a su madre ofreciéndole consuelo.

A Marianita la sentencia que le impuse fue de dos años en un centro psiquiátrico infantil. Sin embargo, tras haber aprobado todos sus exámenes conductuales fue enviada después de un año a un centro de adopción, esto lo supe por un colega que siguió el caso tras mi retiro. Ni mi madre ni yo regresamos al Molinillo.

¿TÚ QUIÉN ERES BELLA MÁSCARA?

Lissete Juárez

El restaurante italiano donde se celebra la fiesta te parece muy elegante. Manteles largos de algodón, fotografías en blanco y negro colgadas de las paredes, cristalería fina. Aún así, y de manera sorprendente para ti, te sientes bien; crees que no desentonas. Te has alaciado el pelo, te has puesto tu vestido negro, el único que tienes, y llevas los tacones rojos que Rafa, tu mejor amigo, te ha obligado a comprar.

Cuando él se acerca a la mesa, tú estás sacando los piñones de la pasta y tardas en reaccionar cuando tu mejor amigo te lo presenta como: "Daniel Mondragón, el mejor publicista del país". Levantas la mirada y te detienes un instante a la altura de su pelvis; luego sigues hasta sus ojos. No, no existe el amor a primera vista, existe el deseo a primera vista, lo sabes. Extiendes tu mano, pero él, con un movimiento ágil, te toma las dos y se las lleva a los labios para besarlas.

—Comprometida —no estás segura si es una pregunta o una afirmación. Pero lo ha dicho, te parece, con cierto pesar.

—No. No es nada formal —contestas, e instintivamente ocultas las manos bajo la mesa.

Tres segundos después, te sientes miserable.

Desde que te graduaste, has sido free-lance, amas trabajar en tu casa o en esa cafetería escondida y sin rótulo a cinco calles. Por eso te preguntas ¿qué hago aquí? cuando dos días después de la fiesta estás afuera de su oficina, con tus mejores trabajos perfectamente ordenados. Ni siquiera deseas el puesto que te ofreció; sin embargo, lo quieres impresionar y claro, no quieres que se note que lo quieres impresionar.

Al entrar, te das cuenta que Daniel tiene menos glamour sin las cinco copas de vino que te habías bebido, sin la luz tenue de los candelabros, sin tu vestido negro. Y aún así, cuando se levanta para saludarte y te da un beso en la mejilla, tú sientes que se te cae el estómago como si fueras descendiendo en una montaña rusa.

—Por favor —te dice casi sin verte, señalando una silla —. Muéstrame qué traes ahí.

Le extiendes tu portafolio y aprovechas para hacer un recorrido visual mientras él lo revisa. Una pluma Bic y una libreta, un reloj redondo, de oro rosado, una MacBook, una taza con sus iniciales y una bocina. Ninguna foto. Las paredes están vacías salvo por un cuadro de una niña soltando un globo en forma de corazón. Vuelves a él, a su mandíbula cuadrada, a sus manos deformadas por los parches de piel injertada, a su olor a cedro y ámbar que se ha quedado contigo. Intentas descifrarlo.

—¿Por qué trabajar en una oficina ahora, si siempre lo has hecho de manera independiente?

Te inclinas hacia adelante. Quieres contestarle que es él quien te ha ofrecido trabajo, que es él quien se quedó impresionado cuando Rafa le habló de lo que haces. Quieres gritarle que estas ahí porque él te lo pidió y porque estuvo, aunque ya no lo recuerde, coqueteando toda la noche contigo en la fiesta.

—Sólo estoy evaluando mis opciones —contestas con tranquilidad.

Daniel te mira sin expresión alguna; luego sonríe. Deja tu

carpeta de trabajo y te dice que lo acompañes a una comida. No puedes creerlo; no ha sido una pregunta sino una orden. Se pone el reloj, toma su saco y se para a un lado de ti. No volteas. ¡Es un cabrón! ¡Es un cabrón! ¡Es un carbón! repites en silencio mientras él habla por teléfono y conduce, a exceso de velocidad, el auto descapotable. Miras por la ventana y respiras. Te bajarás al llegar al restaurante y te irás a tu casa y no lo volverás a ver en tu vida, decides.

Dos pasos antes de llegar a la mesa con los clientes, te pregunta por tu vestido negro. No tienes tiempo de responder; ya todos se están saludando. Cuando se sientan, Daniel te presenta como la nueva diseñadora gráfica de la agencia y habla de tu trabajo, lo elogia y dice que está feliz de que seas parte del equipo. Tú le correspondes con una sonrisa tímida, aunque sientes que el corazón se te va a salir del pecho. Dices que te sientes muy afortunada por pertenecer a la mejor agencia de publicidad de Latinoamérica. Todos levantan sus bebidas para brindar. A la mitad de la comida él ya ha conseguido la cuenta y estás segura de que los clientes aún no lo saben. No quieres aceptar que te fascina pero te resulta imposible dejar de verlo. Cierran el trato con otro brindis y el compromiso para una propuesta inicial en un plazo tan corto que te parece ridículo pero que aceptas sin chistar. En la salida se disculpa por no poder llevarte y te señala una camioneta. Lo hará el chofer, si no te importa, te dice. Te pones furiosa y le contestas que no hay ningún problema.

Xavier, tu prometido, te dice que no entiende cómo es que de la noche a la mañana hayas decidido trabajar con un horario, con un jefe, con horas extras, con el estrés del ambiente de una oficina, con todo lo que odias. Le dices que es una gran oportunidad de colaborar en campañas para marcas internacionales, que lo haces por aprender, que necesitas algo diferente.

—Será sólo un tiempo. Además, ¿a ti en qué te afecta? —continúas.

Xavier suaviza el tono, como lo hace cada vez que te enojas. Te dice que lo perdones, que es sólo que teme que esto retrase sus planes de casarse y de empezar una familia.

—Me tienes hasta la madre con lo de la boda y los hijos. Pensé que por ser europeo ibas a ser diferente, pero no, ¡eres igualito de macho que todos los de aquí! —le gritas y sales de la habitación.

Mientras caminas a la cocina te arrepientes. Sirves dos copas de vino. Regresas. Te disculpas. Lo vas a compensar con sexo, aunque pensarás en alguien más.

Estás exhausta; has trabajado toda la semana dieciséis horas al día para la presentación. Mueres por que al cliente le guste tu propuesta. Te corriges, mueres porque Daniel piense que eres brillante. ¿Qué demonios me pasa? te dices en voz alta. Agarras tu bolsa y sales de la oficina. Prendes un cigarro y caminas dos cuadras antes de meterte a un pub. Suena tu celular, es Xavier, y aunque no quieres, te obligas a contestar porque está a punto de tomar el avión de vuelta a casa y eres supersticiosa. Le mientes, le dices que estás tomando una copa con Rafa y no sola, que regresaras pronto a la casa y no a la oficina.

El chofer te advierte que Daniel ha mandado a todos a su casa, y que es mejor que ni subas, porque ahí sigue. Le dices que solo vas a recoger algo que olvidaste, que ni cuanta se va a dar.

Todas las luces están prendidas y se escucha Johnny Cash. Te acercas a su oficina. Daniel está acostado con los ojos cerrados en el sillón blanco, tiene la camisa abierta y está fumando. Sostiene un vaso de whisky sobre su pecho. Hay bocetos esparcidos por todo el piso. Tu corazón se acelera y, como si él lo hubiera escuchado, te voltea a ver. Te disculpas, le dices que has olvidado tus llaves.

—Ven —te dice mientras se sienta y te señala con la mano el lugar junto a él.

Tú, en lugar de obedecer, te acuclillas y empiezas a juntar lo que está tirado. Él se inclina y te quita lo que tienes en las manos. Tú pegas tu cuerpo al suyo y él te agarra por la cintura. Hunde sus dedos debajo de tus costillas y te besa. Se incorporan. Tomas aire y te alejas sin dejar de verlo. Camina hacía a ti y mete sus manos por debajo de tu blusa. Te acaricia los senos hasta que tus pezones se endurecen. Lo besas. Te apartas. Lo besas. Te apartas. Le quitas la camisa con brusquedad y lo guías para que el haga lo mismo con la tuya. Te empuja suavemente contra la pared y se arrodilla. Te besa el vientre mientras desabrocha el botón de tu pantalón. Te mira. Estás secuestrada por ese cúmulo de sensaciones inherentes a la promesa de ese instante de placer por el que se han perdido imperios, por el que se ha traicionado lo más preciado. Johnny Cash no quiere ser testigo y abandona la escena, dejando como única melodía tu respiración convulsa.

El ruido del ascensor irrumpe el movimiento perfectamente secuenciado de su lengua en tu clítoris y en cuestión de segundos los dos están vestidos.

Tu compañero de trabajo, Gustavo, se lleva las manos a la cabeza al ver los bocetos en el piso. Reprende a Daniel y se acerca para ayudarte a recogerlos.

Se ha dado cuenta, piensas.

—Es mejor que me vaya —dice Daniel.

—No. De aquí no nos vamos hasta que quede la presentación —dices con una convicción que no sabes de dónde te ha salido.

Tienes menos de dos horas para arreglarte y volver para la reunión con los clientes. Entras a tu casa, pones la cafetera y te empiezas a arreglar. Xavier llega. Te saluda con beso al que tú apenas correspondes. Te dice que está cansadísimo, que tantas horas en el avión le han dejado el cuerpo molido. Le dices que tú igual, que has pasado toda la noche trabajando en la oficina. Te dice que pensaba que después de estar con Rafa ya no ibas a regresar. Recuerdas que le mentiste y le respondes que no pensabas hacerlo pero que tuviste que.

Recuerdas también lo demás y a pesar del agotamiento te lo llevas a la cama.

En la comida, donde celebran el éxito de la presentación, Daniel les dice que tiene que salir de viaje por una semana y les da indicaciones sobre el trabajo. Tú sientes como si te dieran un puñetazo en la cara. Todos le desean buen viaje y tú haces lo mismo. Él se despide y se marcha. Gustavo empieza a hablar de su fiesta de cumpleaños mientras tú, lo único que quieres es ir tras él.

Xavier te reclama, de nuevo, que ya no te ve. Tú le respondes, de nuevo, de mala gana, que tienes mucho trabajo. Él, conciliador, te invita a cenar el sábado, te dice que vayan a tu lugar favorito de sushi. Tú le dices que no puedes. Le repites que tienes mucho trabajo. Esta vez, él da un portazo antes de salir, pero tú ni te inmutas.

El sábado te vas a arreglar a casa de Rafa, lo has invitado a que te acompañe a la fiesta. Te pones el vestido negro y los zapatos rojos que un día te obligó a comprar. Terminas de alaciarte el pelo y estás a punto de confesarle lo que pasó con Daniel cuando suena su celular. Te dice que tendrás que ir sola.

La decoración del departamento de Gustavo te da una sensación de libertad, hay tan poco que parece un lugar que va desapareciendo. Te acercas al ventanal y la vista de la Ciudad te da nostalgia. Ubicas tu casa y sientes el impulso de hablarle a Xavier, de disculparte por ser una imbécil, de decirle que vayan a cenar. Te limpias las lágrimas antes de que salgan de tus ojos y te instalas cerca de la barra improvisada.

Gustavo se acerca y te tiende la mano, tú aceptas sin chistar. El mezcal hace eso en ti, te hace querer bailar. Te mueves con cadencia, levantas los brazos, giras, una vuelta, otra, juegas con tu pelo, no llevas el ritmo de la música pero no te importa, estás como flotando. Abres los ojos y ves a Daniel observándote. Sigues moviéndote, ahora más sensual. Termina la canción. Gustavo te hace una reverencia y tú haces lo imitas. Caminas hacia el baño. Frente al espejo te recriminas: eres una tonta por haberte arreglado para él, por haber bailado para él, por estar tan emocionada de verlo.

Vuelves al lugar donde estabas sentada y lo buscas con la mirada. No está por ningún lado.

—Me pareció ver a Daniel hace rato —le dices a la secretaria que de pronto se acerca.

—Sí, sí vino, pero como ya ves que mañana es su boda por el civil, sólo pasó a darle un abrazo y el regalo a Gustavo. ¿Ya viste?

—¿Qué? —preguntas sin poder disimular tu sorpresa.

—Ellas —te responde la secretaria, y señala a unas chicas vestidas de conejitas que están haciendo un concurso para ver quién puede beber por más tiempo de la botella de Champagne.

—Ya veo. Que buen regalo. No sabía que Daniel se iba a casar —le dices intentando sonar normal.

—Sí. Casi nadie sabe. Es que él es muy privado con sus cosas. Espero no haber cometido una indiscreción.

—No, no. Para nada. Es más, ahora que recuerdo, creo que sí me lo comentó.

—A lo mejor sí. Va a ser muy intimo, solo van a estar los padres de ella, y del lado de él, solo Gustavo. Ya viste, se ve muy divertido el jueguito de la champaña.

—Pues vamos —dices envalentonada por la rabia.

Respiras por la nariz, das tragos pequeños y no dejas la bebida en tu boca. Aprendiste el truco siendo una adolescente. Todos gritan y te aplauden. Eres la ganadora.

Todo te da vueltas mientras te escabulles de la multitud. Sacas el celular de tu bolsa para pedir un taxi. Tienes once llamadas perdidas. Te pones alerta pensando que pudo haber pasado algo malo. No reconoces el número y marcas.

Llegas al bar y te sientas junto a él en el diminuto taburete redondo. La mesera llega con un whisky derecho y una copa de Champagne.

—¡Con que mañana te casas! ¡Felicidades!—le dices sarcástica.

Él le da un trago a su whisky sin responder y te ofrece un cigarro.

Tú lo aceptas y continúas:

—¿Para qué me sacaste de la fiesta? ¿eh? me estaba divirtiendo muchísimo. No sé qué hago aquí. Me largo a mi casa a dormir con mi pro-me-ti-do.

—¡Qué aburrido! —te contesta.

—¿Qué aburrido qué?

—Llegar a dormir.

—Eres un idiota, Daniel —le dices, apagas el cigarro, dejas la copa y te levantas.

—Te has puesto ese vestido para mi —te susurra al oído rodeándote la cintura, mientras caminas a la salida.

—No.

—No fue pregunta.

Sin soltarte te dirige hacia un pasillo. Cuando pasan la recepción del hotel te empieza a lamer el lóbulo de la oreja y a besarte el cuello. El elevador se abre y tú te separas de él; hay una pareja mayor que está tomada de la mano. Ustedes entran y los imitan.

La habitación está a media luz y la cama hecha con pulcritud.

—Te deseo tanto, Liliana —te dice mientras te levanta el vestido.

—¡Repítelo! —le ordenas y él te obedece, una y otra vez, hasta que lo callas poniendo tu dedo sobre sus labios.

Despiertas, está amaneciendo. Lo destapas con cuidado y recorres su cuerpo desnudo con la mirada, te detienes en sus manos. Recuerdas que te ha dicho: mi padre, mientras las besabas. Te levantas y te vistes. Tocas el saco negro que está colgado en el perchero. Lo vuelves a ver, ahora su rostro. Sales.

Abres la puerta con sigilo. Te recriminas. Tendrías que haberte bañado, haber lavado los rastros de su sudor, las marcas de su lengua, las huellas de sus dedos. Vas directo al baño.

Xavier entra mientras estás en la regadera. Le contestas que llegaste temprano pero que te quedaste dormida en el sofá. Le contestas que sí quieres desayunar chilaquiles.

—Sí, me encanta la idea —le contestas cuando te propone ir al cine.

Antes de que tomes la toalla él abraza tu cuerpo desnudo y escurriendo. Hunde su cara en tu pecho y te dice que te ama. Que ama tu piel y todo lo que cubre. Te dice que lo perdones por haberse estado comportando como un idiota. Que eres lo mejor que le ha pasado en su vida y no quiere perderte.

Tus lágrimas se confunden con las gotas de agua que caen de tu cabello. Tomas su rostro y le pides que vayan a casarse. Sí, ahora mismo, sólo él y tú. Sí, ya tendrán tiempo de festejar. Sí, él también es el amor de tu vida.

CUCHA O VIVI

María Cristina Manrique de Henning

Era necesaria una inmersión diaria. Un hábito adquirido desde niño. La complejidad de lograr ese objetivo cada noche me había retado desde que llegué a aquel lugar. Un pueblo remoto, hermoso pero muy caliente, lleno de gente generosa donde me asignaron a cumplir mi primera misión internacional. Ahí éramos respetados, y no iba a ser por mí que se cambiara esa percepción. Me correspondía mantener nuestra orden en alta estima.

No existían instalaciones sanitarias adecuadas. En cada acercamiento al espacio con agua me topaba con las comunidades de estos seres a quienes bauticé como Cucha y Vivi. No esperaba encontrar tantos grupos diversos que pudieran convertirse en obstáculos para mi propósito, pero tenía que aceptar que yo era minoría. Reconocerlo no impediría que yo pudiera ejecutar todas las tareas asignadas, funcionar y avanzar en mi propia formación.

Después de transcurridos varios días observando y conviviendo, pude identificar los patrones diferenciadores. Me propuse poder entender mejor las costumbres y rituales de los habitantes que fui conociendo. Esto sirvió para sentirme más a gusto cuando me tocaba interactuar con ellos. Aunque yo sabía que con algunos grupos nunca lograría construir una amistad,

95

quería poder mantener la distancia respetuosa entre nosotros. Pensaba que eso sería suficiente para convivir sin tener que hacer demasiados ajustes a mi rutina nocturna.

Poco a poco aprendí cuáles eran las preferencias de cada poblado que fui encontrando. Las dimensiones de cada uno, y cómo respondía yo a los avances de sus lugareños. Mi tendencia al control me abrazó. Observaba, escuchaba y pacientemente fui analizando las conductas para adaptarme. Así fue como comencé mi propio ritual para prepararme con anticipación a los encuentros nocturnos con las tropas de Cucha y Vivi.

Cucha y los suyos se destacaban en la oscuridad. La humedad de las superficies no les quitaba agilidad a sus movimientos. A mi me permitía ejercer algo de control en cuanto a la distancia que nos separaba. Un espasmo súbito de alguno de mis pies, empujando un insignificante volumen de agua, comunicaba mis intenciones con suficiente claridad. Quedó establecido en mi pensamiento que quienes estaban con Cucha tenían una actitud más predecible.

En el otro lado del espectro estaban quienes acompañaban a Vivi. Más interesados en generar el factor sorpresa, inquietos y definitivamente estimulados por la luz. Todos ellos mostraban comportamientos bastante aleatorios. Este desconcierto siempre me ponía a la defensiva. Me hacía recurrir a mis instintos, apelar a recursos interiores que no usaba regularmente, lo cual me desagradaba. Y por supuesto, obligaba a subir mi nivel de concentración, ponerle más atención a cada detalle en el trayecto que debía recorrer cuando llegaba la hora de cumplir mi rutina nocturna con el agua. Ese estado de alerta me hacía mover los brazos con intensidad y a veces se me resbalaba el jabón de las manos.

Cada noche se repetía este proceso. Pensar en ello desde la tarde me iba consumiendo casi obsesivamente. Siempre intentaba mejorar el diseño de mi plan. Repasaba mi estrategia para estar listo casi con minuciosidad algorítmica para evitar sorpresas a la hora del inevitable encuentro.

Me di cuenta que la convivencia con ambas comunidades en simultáneo era una proeza que me dejaba exhausto, resultando en la pérdida del trabajo que me requería la rutina para el aseo. No conseguía disfrute y el efecto era mediocre, pues sudaba con el esfuerzo invertido en la empresa de mi higiene personal.
Un dilema casi tonto e inesperado empezó a consumirme. ¿Cómo elegir con cual grupo estaba dispuesto a compartir? ¿A oscuras o iluminado?

No pensé que iba a tener que considerar seriamente este conflicto que crecía dentro de mí, invadiendo mi capacidad de funcionar normalmente. Evalué las opciones y calculé el costo de mi decisión. No quería defraudar a mi orden, quienes contaban con que cumpliría los objetivos trazados cuando me encomendaron para el trabajo que los representaba. No quería que sintieran que yo era débil, incapaz de convivir armoniosamente con varias culturas a la vez. Las expectativas que tenían de mi labor eran altas, lo sabía. No iba a dejar que un asunto casi mecánico e intrascendente diera al traste con mi misión. Sin embargo, enfrentar la misma dificultad innecesaria cada vez pesaba más en mi ánimo, afectando mi rendimiento.
La solución era sencilla y obvia.No era posible encender ninguna luz para activar mi estrategia.Debía atravesar a oscuras ese pasillo largo que separaba mi habitación del baño público para intentar asearme.

Tuve que diseñar una secuencia precisa para calcular mis pasos con sentido, consciente de las dificultades que sumaría pero ya había alcanzado mi decisión. La combinación de factores que tomé en cuenta ilustraron la respuesta que me permitiría mantener mi posición y el prestigio de mi propia comunidad. No fue su color, no fueron sus alas, no fueron sus patas. Fue el aguijón y la agresividad de los movimientos de Vivi y sus avispas lo que finalmente inclinó la balanza.

La pandilla de Cucha, chiripas y cucarachas rastreras, lentas, más visibles aun sin mis anteojos, era hasta cierto punto inofensiva y más fácil de controlar mientras me enjabonaba.

LA MISMA CANCIÓN

Elisa Peralta

Ayudé a Lidia porque me dolía el corazón oírla sufrir. Llamó temprano y con voz apenas audible, pidió que la fuera a recoger. Germán la había vuelto a golpear y decidió separarse definitivamente. "Esta vez ya no regreso, te lo juro", dijo maldiciendo su mala suerte. Comencé a preparar el viaje, esperaba que en mi Volks Wagen cupieran todas sus maletas. Al fin y al cabo, yo hacía todo por mi madre. Lidia, sin contar con mi aprobación, se había ido a vivir con él dos años atrás; un día antes del terremoto del 19 de septiembre de 1985 en la Ciudad de México.

El temblor convirtió el centro de la ciudad en una tumba colectiva. Edificios residenciales y de negocios cayeron derrotados por la rutina de la naturaleza, que solo actúa como ella misma. Me uní a los equipos de rescate. Levanté lozas de cemento, aparté muebles y vigas de madera para recuperar vida humana o animal. Frustración, lloré de frustración. Fueron días largos tratando de ordenar la ciudad, de limpiar para poder seguir viviendo en ella.

Me era imposible ayudar por las noches porque en casa también me necesitaban. Mi padrastro, a quien considero mi verdadero padre, esperaba mis atenciones. Además, había que arreglar el desbarajuste que Lidia dejó con su partida. Y pensar que todo comenzó en una fiesta. De haber sabido, yo no le hubiera permitido asistir. Lidia conoció a Germán en la celebración del cumpleaños de alguno de sus conocidos. El muchacho se metió de gorrón a la fiesta y de pasó se coló en la vida de Lidia.

Los edificios colapsados estaban convertidos en montones de migajas gigantes de concreto amalgamadas con sangre. Me hubiera gustado abrazar a aquellos que se habían quedado sin hogar y sin familia. Lo único que pude hacer fue ayudarles a agotar la esperanza de encontrar a sus seres queridos entre ladrillos y migas de cemento. Los gemidos de dolor que emergían de los escombros se confundían con los de aquellos que encontraban los restos de sus familiares y amigos. La Ciudad de México, donde nací, se distinguía por el olor a contaminación provocada por el exceso de humo de los autos y las fábricas. Durante los días del derrumbe el olor era picoso, ácido. Olía a tristeza y soledad. Los que sobrevivimos, lloramos lágrimas amargas.

Claro que lloré cuando Lidia partió. Acepté su ausencia porque siempre hice y haría cualquier cosa por verla feliz. Ver su cara iluminada y su sonrisa amplia era la razón total para dejarla ir. De cualquier manera, Lidia dio por hecho mi aprobación. La casa, sin su música, quedó vacía. Mi padre se fue desmoronando, igual que la ciudad. En su habitación, la lámpara que él encendía todas las noches quedó en tinieblas. Murió y también esa parte de la casa quedó a oscuras.

Hubo que sacar fuerzas de donde no había. La ciudad, gracias al trabajo de sus habitantes, se reinventó. Brotaron parques y pequeños zócalos para llenar los huecos. El centro de la ciudad tomó el aspecto de una dentadura que, a pesar de todo, sonreía. Aun cuando perdió algunas de sus mejores piezas.

En esos dos años de la ausencia de Lidia enterré a mi padre y terminé la carrera. Mandé a pintar el interior de la casa de verde tierno, como el de las hojas de los árboles que esperaba ver retoñar en primavera. La fachada de la casa la repintaron de azul claro y oscuro, la combinación que le gustaba a mi papá. Cambié los muebles de la sala y quité fotografías. La mayoría habían perdido sentido. También me mudé de recámara. Por las noches, leía bajo la luz de la lámpara que alumbró a mi padre.

Lidia al fin vivía con el amor de su vida, ya no tenía que invocar el recuerdo de Germán para sentirse feliz, ahora él era su presente. Papá y yo su pasado.

Lidia llegó a mi casa llorando. Pasó un mes y el caudal del dolor no aminoraba. No hablaba y no comía. A veces, la encontraba sentada en la orilla de la cama, suspendida en el tiempo, atascada, revuelta en sus pensamientos. Logré que se bañara. La esperaba afuera de la regadera, sentada en la taza de baño. A través de la cortina podía ver su silueta. La cabeza suelta sobre el pecho recibiendo el golpe del agua. Parecía estar ante un pelotón de fusilamiento. Ahora era yo quien le secaba el cuerpo y el cabello, la bañaba de talco, la vestía y la recostaba.

La recuerdo malhumorada, pero hermosa. Sus mejores momentos eran cuando hablaba de Germán. Yo la escuchaba como si fuera la primera vez, me gustaba ver sus ojos sonreír al notar que yo me interesaba. Hacía cualquier cosa para hacerla feliz. Contaba varias versiones de su romance, pero los elementos que no cambiaba eran la fiesta donde se conocieron, lo guapo que era, el embarazo, la boda y el abandono. Era escuchar "la misma canción", una y otra vez.

Cuando aceptó comer, dos meses después de su vuelta, se sentaba a la mesa, más o menos, a medio metro de distancia. Yo la acercaba, pero volvía a alejarse. Era inútil insistir. Quedaba más comida en el piso y en su ropa que en su estómago. Comencé a contarle sobre mi trabajo o alguna película, mientras le daba la sopa en la boca. En mi niñez invocaba el recuerdo de Germán para calmar sus cambios de humor, para lograr su atención o para obtener algo de ella. Ahora, el antídoto se había transformado en veneno. Me sentía frustrada, sin más armas que la paciencia y el tiempo. Quería que volviera a la vida, que sonriera a pesar de haber perdido, la que creía, la mejor parte de su existencia.

Al paso de los días fui ordenando su recámara. Las cajas que había traído estaban sin abrir. Pensé que se opondría, pero mientras yo iba cortando las cintas con la navaja se recostó y cerró los ojos. No sabía si dormía. Encontré varias fotografías, algunas recientes. En una, Germán y Lidia, abrazados, eran la imagen del triunfo del amor. En otra, posaban con dos de las hijas de él. La mirada de Lidia estaba dirigida al lado contrario de la escena. En otra más, retratados en un parque, fechada en febrero de 1955, en blanco y negro. No había visto una imagen de ella tan joven. A él lo conocí hasta 1975 y no me pareció tan guapo.

Lidia abrió los ojos y pidió la foto. Mientras la sostenía su mirada se adentraba en la imagen. Tal vez, volvía a sentir el sol, el aire, a escuchar el rumor de las hojas de los árboles. Tal vez, recordaba las palabras de amor y las promesas incumplidas. Se la quité, preferí guardarla y ella volvió a cerrar los ojos.

No me preocupaba dejarla sola mientras iba al trabajo. También comencé a robarle un poco más de tiempo para seguir ayudando en la reconstrucción de la ciudad. El terremoto dejó mucho por hacer. Al volver a casa, la encontraba en la misma posición: boca arriba, mirando el techo o en posición fetal. Me sentaba en la orilla de la cama y tomaba una de sus manos.

— ¿Ya es de noche otra vez? —preguntaba.

—Otra vez es de noche y viernes. Mañana iremos a caminar.

—No. No quiero que nadie me vea.

—No te preocupes, no le dije a nadie a donde fuiste.

Las pocas veces que algún vecino preguntó por ella contestaba lo mismo: anda de viaje. Fueron dos años. Unos meses más que la primera vez que vivió con Germán. Nunca supe con exactitud cuánto tiempo estuvieron juntos. Siendo estricta diría que fueron unos seis meses. Se conocieron en febrero y para junio ya estaba embarazada. Él venía de su pueblo a la Ciudad de México a visitarla cada fin de semana. Seguía viviendo con sus padres. Si se casaron una semana antes del parto, o sea en febrero del siguiente año, llevaban un año de convivir solo de viernes por la noche a domingo por la tarde.

Cuando por fin vivieron en familia la armonía era despedazada por los excesos de cólera de Germán. Lidia le dijo que podía aguantar la pobreza, pero no los golpes. Volvió a la ciudad conmigo en brazos. Germán no nos buscó. Fue ella quien regresó, como los ladrones, a la escena del crimen. Veinte años después me llevó a conocerlo. Sentía curiosidad porque no hubo un día que no oyera hablar de él. No necesitaba un papá, ya tenía uno. Mi padre se juntó con Lidia cuando yo tenía tres años. Él me llevó de la mano al kínder y primaria; a la secundaria y prepa en coche. Asistí a la Universidad en mi propio auto. Dio el discurso en mi fiesta de quince años y bailó conmigo el vals. "Si quieres al árbol, quieres a las ramas", me decía. Al morir dejó la casa a mi nombre. Gracias, papá.

La primera vez que Lidia conoció al amor de su vida era una adolescente. La segunda tenía cuarenta años, pero no los usó a su favor. Seguía creyendo en los milagros, en la transformación de Germán. No creo que haya sido la primera en dejar a su marido de años por un viejo amor. ¿Qué palabras utilizó Germán para derrumbar nuestra familia? Creo que la imaginación de Lidia fue su mejor aliado. Mi padre era veinte años mayor que Lidia y Germán, viudo y sin hijos cuando la conoció. No estudió, pero fue un hombre de negocios formado a golpe de trabajo, ahorros y buena administración. No, no era guapo, pero era mi padre. Para él y para mí, ver partir a Lidia fue otro terremoto. Ella me rogó que nos fuéramos juntas para reintegrar la familia. Recuerdo haberle pedido perdón por no acompañarla. Para mí, Germán no era más que una leyenda. Eso sí no pude hacerlo: abandonar mi hogar y mi ciudad.

Lidia venía a visitarme, pero Germán no. Con él hablé dos veces: cuando nos presentaron y cuando la recogí. La primera vez que lo tuve de frente fue como ir caminando dentro de una multitud y, de pronto, un tipo se detuvo frente a mí y dijo: soy tu papá. Esa primera vez, resaltó el gran parecido que tengo con Lidia, nada más. Mucho gusto, le dije apretando su mano y mirándolo a los ojos, tal como me habían enseñado a saludar en mi casa. Le sonreí, para ver a Lidia sonreír. Las visitas se fueron espaciando. Ella, en aquella época, traía moretones en la cara. "Me caí", era su explicación.

Meses después de haber regresado a mi casa, Lidia ayudaba a lavar los trastes y también salía a caminar. En uno de esos paseos trajo un perro negro a la casa. Lo llamó Nicolás. Más adelante trajo a Milo y Bambino. Confiada en que ya podía hacerse cargo de sí misma, aunque se bañara de vez en cuando, no entraba a su recámara. Por eso no supe en que momento la convirtió en bodega de periódicos, botellas, cajas de plástico y muchas chucherías más. Reunió materiales para construirse un mundo nuevo.

El hombre que vino a librarnos de la plaga de ratas y otros bichos, provocada por los materiales de construcción de Lidia, recomendó un lugar para ella. Dijo que había visto muchos casos parecidos. "Volverá a llenar el cuarto y, si la deja, toda la casa". Pensé que con una vigilancia estricta de mi parte el problema podría ser resuelto. Reduje la cantidad de perros y a diario revisaba su cuarto. Tiraba sus nuevas adquisiciones al bote de la basura, pero al otro día traía más. Cuando comenzó a llamarme con el nombre de su hermana, o cuando de plano no me reconocía, decidí mudarla a una institución donde estaría bien atendida. Antes de irse, volvió a contarme sobre Germán. Planeaba su boda con él porque estaba embarazada.

Aunque la ciudad no quedó reparada del todo había que ponerle punto final a la reconstrucción. De cualquier manera, nada volverá a ser como antes. Cuando atravieso el centro de la Ciudad en mi auto, de camino para visitar a Lidia, le sonrío a las nuevas edificaciones. Le sonrió a la vida, a mí misma.

RUBÍ

Gilberto Pérez

Ya no abundaban los clientes que buscaran sus servicios, en parte porque el barrio en donde estaba la esquina que había sido su escaparate quedó en medio de un lujoso centro comercial, y en parte porque esto hizo que tuviera que operar desde un vecindario sucio y olvidado, desde su propia banqueta, a veces parada y a veces, cuando el dolor en sus tobillos era insoportable, sentada en una oxidada mecedora de metal. Hacía tres semanas que había hecho su último trabajo, una mamada rápida a un borracho gordo y pestilente, quién recargado en un poste, en lugar de eyacular le vomitó encima y después cayó sobre de ella. Todo por cincuenta pesos. La pesada realidad, aunque para todo hay gustos, era que, debido a sus sesenta y dos años, su diabetes, la soledad, y un cansancio acumulado del que solo la necesidad la sacaba, a Rubí se le habían ido acabando el brillo, las ganas, y los clientes. Tampoco le eran posibles ya los trueques con carniceros y vendedores ambulantes con los que conseguía un pedazo de carne o verduras a cambio de algún favor sexual, ellos mismos o estaban muertos o muy viejos, o necesitados también de la caridad de otros.

Vivía en un cuarto con un solo foco parpadeante, colgado lánguidamente de un cable pelón. Tenía una cama desvencijada con un colchón con más manchas de orín y otros fluidos corporales que el pañal que a veces usaba debido a la incontinencia. Había, también, una pequeña cocina de gas encima de una mesa de lámina con un logotipo borroso de una marca de cerveza que ya no existía. ¡Ah!, y un pequeño librero hecho de bloques de cemento donde guardaba ejemplares del libro vaquero y una vieja enciclopedia británica, roída por los ratones y las cucarachas a la que por alguna razón le faltaban los tomos con números impares. El baño era comunitario, había que Salinero salir a un patio interior y, con suerte, en un inframundo en donde la suerte no existe, encontrar algún servicio disponible.

Su familia la echó de la casa desde la primera vez que se puso unos tacones. ¡Te vas a ir derechito al infierno! ¡Te me largas de aquí con todo y tacones! Fueron las últimas frases que escuchó de sus padres. Tenía quince años y mucho, mucho miedo, como el que sentía ahora postrada en una estrecha cama de una clínica del seguro social en donde terminó después de haber colapsado en los baños de su vecindad.

La bata impecable del joven médico contrastaba con el desordenado cuarto en donde tenían aislada a Rubí, parecía más un sucio clóset de intendencia que un cuarto de hospital.

—¿Rubí? —dijo inclinándose sobre el cuerpo maltrecho al tiempo en que se ajustaba el estetoscopio en los oídos. —Ese no es su verdadero nombre, ¿verdad? —preguntó con el acento neutro que corresponde a la seriedad profesional.

—¿Qué tengo, doctor? ¿Qué hago aquí? ¿Quién me trajo?

—Son demasiadas preguntas, no se agite. Saque la lengua y diga aaaaaahhh —, y continuó con el mismo tono —, perdió el conocimiento, la trajo alguien hace unas horas y la dejó en la puerta. ¿Tiene familiares? —dijo mientras retiraba el batelenguas de la boca de Rubí.

—No tengo a nadie. ¿Me estoy muriendo, doctor?

—Su diabetes causó la deshidratación, y probablemente el desmayo. ¿Tiene algún otro síntoma que me quiera compartir?

—Pos a veces batallo para orinar y a veces me sale algo de sangre de los orines, pero no mucha, doctor —dijo apenas con un susurró la mujer, desviando la mirada de los ojos del joven, quién metió su mano izquierda en el bolsillo de la bata. Sacó un par de guantes de látex.

—Rubí, le voy a pedir que se voltee, le tengo que efectuar una exploración rectal —, dijo el médico y prosiguió —, está muy inflamada, por eso su dificultad para orinar. Me preocupa el sangrado, ¿se ha hecho algún examen de antígeno?

—Ay doctor, no sé ni con qué se come eso. ¿Anti qué?

Del otro bolsillo de la bata sacó un cuadernillo en el que escribió rápidamente una receta.

—Que le surtan esto y la vuelvo a ver en un mes —dijo, mientras salía de la habitación.

Sentada en la orilla del camastro se inclinó, llevo sus manos al rostro y soltó un sollozo. Se quitó con trabajos la raída bata de segunda o tercera mano que alguna vez fue de color verde menta, comenzó a vestirse lentamente y poniéndose por último sus gastados zapatos rojos notó la inflamación en sus tobillos. Se paró y arrastró pesadamente los pies hacia la puerta. Eran las once de la noche. Caminó así dos cuadras. En la siguiente esquina vio el puesto solitario de un vendedor ambulante de comida. Irguió el cuerpo y alzó la cabeza, abrió el puño, tiro al piso la receta que acababan de darle, se acomodó la vieja peluca y caminó revitalizada hacia el hombre.
Suavemente, posó su mano en la bragueta del vendedor y le dijo al oído:

¿Tú sabes lo que te haría por tres tacos?

La mañana siguiente, en esa misma esquina encontraron el cuerpo ensangrentado y desnudo de Rubí. El reporte policíaco describía a la víctima como a un hombre de unos sesenta años, que vestía únicamente unos zapatos rojos y tenía heridas profundas de arma blanca en el cuello y tórax.

INICIACIÓN

Amarilis Vega

Lo vi todo, aunque no estaba allí. La mensa de mi hermana me contó hasta el último detalle del jodido viaje. Me hierve la sangre de saber que siguió al marido hasta Michoacán. Dice que para hacerse rica de golpe. Se llevó a mis sobrinos sin pensar en la escuela de bandoleros donde el padre los iba a registrar. Esa tierra de mal agüero donde los muertos con apodos se apoderan de las calles en la noche y en la mañana hay que recogerlos en bolsas para tirarlos al mar. Creo que pensó que iba a vender aguacates en lugar de Blancanieves en polvo. Siempre fue la más bonita pero bruta como mula de campo. Me dijo que ese hijo de perra sí la quería de verdad porque se casó con ella frente a una iglesia y que él le entregó un anillo de oro bien bonito.

Mi hermana se ocupaba de la casa y los niños. Pero un día, a su hijo Angelito de diez años, lo iniciaron llevando mochilas cargadas de mercancía blanca hasta la frontera. Su padre le decía, ándele escuincle vaya a vender alimento para las bestias chifladas. Si no eran policías, o pandillas de chamacos, eran los pinches narcotraficantes de todos lados. Ella no quería, pero el marido la convenció de que era para ayudar con los gastos de la casa y de paso hacerse hombrecito. A mi pobre hermana se le

111

paralizaban las tripas del miedo y el dolor de panza la reducía a una posición de camarón seco sin vida. Tan solo salía de su trance cuando sentía las extremidades de Angelito abrazarla por largo tiempo. Amaba a sus niños mucho más que al cabrón de su marido.

Le había preparado a Angelito su comida favorita. Lo llamó varias veces, m'ijo venga a la casa a comer su morisqueta. Lo vio salir del almacén del padre con su mochila y corrió tras él, pero no pudo alcanzarlo, no hubo tiempo ni para comer, ni para un mísero adiós. Esa vez nunca regresó. Mi hermana se puso a preguntar a los vecinos, ¿Quiúbole, han visto a mi Angelito? Pero un viejo le llamó la atención, m'ija deje de echar carrilla por ahí, no ande de metiche porque le van a dar un ranazo por la nieve de su marido.

El desmedido padre ya le había echado el ojo a Jesús de siete años para el próximo viaje a la frontera. Mi hermana se lo leyó en el rostro, sintió el temblor en las piernas subirle por el trasero moviéndose rápidamente hasta torcerle el espinazo y sacudirle los sesos. Se acercó a él sumisa y apretándole la mano se entregó al nuevo trabajo y dijo, Jesús, no. Te digo güey, ya su alma se la llevó la puritita chingada.

LOS AUTORES

Julieta Aguilar (México). Es escritora y artista visual. Ha participado en las antologías *Con la Urgencia del Instante* y *Antología III* de la Feria Internacional del libro NYC.

Consuelo Cabrera (Venezuela). Es escritora y esta es su primera participación en el mundo literario.

Mariana Cano (México). Es creadora y conductora del podcast *Ciudad H* y escritora en www.yomariana.com

Juliana Camargo (Colombia). Es autora de *Infinito* y coautora de *Con la urgencia del instante.*

Lorena Castillo Berrones (México). Es coautora de *Xocolatl* y *Rincones de mi ciudad.*

Lucía Charry (Colombia). Es escritora y ha participado en la antología *Suele pasar que nos quedamos* (Literal Publishing 2020) Ipstori (audio books 2022-2023) *Ajustando sentidos* (Ibukku 2024).También ha publicado artículos y ensayos en revistas en español en Los Ángeles California y Houston Texas.

David Dorantes (México). Es coautor de los libros de cuentos *Dime si no has querido* y *Suele pasar que nos quedamos.*

Abigail Duarte Herrera (México). Es coautora de *Suele pasar que nos quedemos*.

Ana Escalona Amaré (México). Es autora de *Breathing Life: La campaña de Nat* y coautora de *Dime si no has querido. Antología de cuentos desterrados,* y *Suele pasar que nos quedemos. Novísimas Escrituras de Estados Unidos.*

Leslie M. Gauna (Argentina). Es coautora de *Half of My Heart/ La Mitad de Mi Corazon: True Stories Told By Immigrants, Antología de la Feria Internacional del Libro de la Ciudad de Nueva York, Suele pasar que nos quedemos* y *Ajustando Sentidos: Maneras de encajar en Tierra Ajena.*

Lourdes González (Cuba). Es escritora y coautora de la antología *Cronopios*.

María Eugenia González (Venezuela). Es autora de *Más Allá de La Luna y Las Estrellas.* Además, ha participado en las antologías *Poetas y Narradores del 2008,* Poetas y Narradores del 2021 y de *HACEDORAS 2021.*

Alex Guerra (México). Es autor de *Entre líneas de amor y sangre* y de *Infierno bar.* Además es coautor de la antología *Suele Pasar Que nos Quedemos* y *Ajustando Sentidos: maneras de encajar en tierra ajena.*

Lissete Juárez (México). Es escritora. Es coautora en las antologías: *Dime si no has querido* (Literal Publishing, 2018), *Suele Pasar Que nos quedemos,* (Literal Publishing, 2021) y *Antología Vol. III FILNY* (Smol Books, 2023).

María Cristina Manrique de Henning (Venezuela). Es coautora de las antologías *Suele pasar que nos quedemos*, 2021 y *Con la urgencia del instante*, 2023 con sus cuentos "La Masa" y "Victoria". Obtuvo el primer y segundo premio con "Un Lunar" y "En tu lonchera" en el Concurso Internacional de la Casa de España de San Antonio 2021.

Ma. Elisa Peralta (México). Ha participado en las siguientes antologías: *Así somos* (Miami, 2019), *Suele pasar que nos quedemos* (2020), *Ajustando Sentidos: maneras de encajar en tierra ajena* (2024).Cuatro de sus cuentos fueron producidos como audio en la Aplicación iPstori.

Gilberto Pérez (México). Es autor de *Entre dos pulgares*. Es coautor de la *Dime si no has querido* y de la *Antología Vol III* de la Feria Internacional del Libro de la ciudad de Nueva York.

Amarilis Vega (Puerto Rico). Es coautora de las novísimas escrituras en *Suele pasar que nos quedemos* con su cuento "Taxi amarillo" y finalista del concurso Casa de España 2021, San Antonio, Texas con su cuento "Emigrante". Sus experiencias la han convencido de compartir lo que ha vivido a través de la escritura.

www.ingramcontent.com/pod-product-compliance
Lightning Source LLC
Chambersburg PA
CBHW032122020726
47494CB00007BA/2205